Karsten Rauchfuß/ Ennow Strelow

Mörderische Grüße aus Oldenburg

Karsten Rauchfuß / Ennow Strelow

Mörderische Grüße aus Oldenburg

Stadtteil-Krimis

ISENSEE VERLAG
OLDENBURG

Das Titelbild stammt von Ennow Strelow

Bibliografische Information der Deutschen Bibliothek

Die Deutsche Bibliothek verzeichnet diese Publikation in der
Deutschen Nationalbibliografie; detaillierte bibliografische Daten
sind im Internet über <http://dnb.ddb.de> abrufbar.

ISBN 978-3-7308-1197-9

Die Handlung und sämtliche Figuren dieses Romans, die lebenden und die toten, sind reine Fiktion und existieren nur in der Fantasie des Autors

Danksagung

Auch bei diesem Buch haben mir wieder viele liebgewonnene Freunde hilfreich zur Seite gestanden.

Mein besonderer Dank gilt Ennow Strelow und seiner Frau Elfriede. Es war ganz wunderbar, mit Euch dieses Projekt durchführen zu dürfen.

Ein Dank geht unbekannterweise an Johannes Oerding, dessen Song „Plötzlich Perfekt" (aus dem Album „Alles brennt") mich zu meiner Geschichten „Alles wird gut" inspiriert hat.

Für ihre Gastfreundschaft, die sich ein Autor beim Schreiben nur wünschen kann, möchte ich mich bei Corinna & Udo Schumacher vom Landhotel & Gasthof Oltmanns und Schumacher in Friedeburg recht herzlich bedanken.
Ein Ort, den es wahrhaftig zu entdecken gilt!

Natürlich geht mein spezieller Dank an Torsten, Ingo und an ALLE, die ich an dieser Stelle vergessen habe....!

Hude den 13. März 2015

INHALT

NICHT MIT MIR!

Punkt 3.30 Uhr schlug Else Kraft die Augen auf, beugte sich im Bett nach vorn und tätschelte mit der rechten Hand die Ohren von Heinrich. Dieser schaute sie mit großen Augen ungeduldig an und erhob sich von der Steppdecke auf Elses Bauch. Sein Schwanz wedelte in der Luft und nur unter großer Kraftanstrengung vermied er es, Else direkt ins Gesicht zu jaulen, weil er wusste, dass sie ihn sofort im hohen Bogen aus dem Bett werfen würde.

So legte er lieber noch einmal den Kopf auf die Decke, wartete bis Else fertig war mit Gähnen und ballancierte seinen Dackelkörper auf der Decke aus, als sie begann ihre müden Glieder zu strecken. Heinrich verließ sicherheitshalber seinen warmen Platz auf der Bettdecke und trabte in die Küche. Er postierte sich vorm Futternapf und wartete ungeduldig auf Else.

„Na, Heinrich, was meinst du? Wird heute ein schöner Tag oder schaue ich heute den halben Tag in miesepetrige Gesichter?"

Heinrich wackelte mit dem Kopf, dann begann er mit der Schnautze seinen Napf in Richtung Küchenschrank zu schieben. Mit dieser Geste schien er ihr verstehen zu geben, dass ihm ihre Sorgen egal waren.

„Na, nun sei man nicht so ungeduldig, bist ja schlimmer als meine Kunden in der Bäckerei."

Else füllte ihm den Napf mit Trockenfutter und stellte die Kaffeemaschine an.

Seit zwanzig Jahren stand sie jeden Tag, außer am Sonntag, um halb vier auf. Sie brauchte schon lange keinen Wecker mehr. Und wenn sie mal spät dran war, dann erinnerte sie ihr Dackel Heinrich bellend daran, wann es für ihn Frühstück zu geben hatte.

Else setzte sich an den Küchentisch und trank ihren Kaffee.

Später, nachdem sie die ersten Rohlinge im Laden aufgebacken und die ersten frischen Brötchen geschmiert haben würde, würde auch sie sich zehn Minuten für ein kurzes Frühstück gönnen. Mehr Zeit hatte sie nicht, denn seit fünfzehn Jahren war sie die Leiterin der Bäckereikette „Brotkrümel" in der Langen Straße in der Oldenburger Innenstadt.

Else nippte an ihrem Kaffee, beobachtete Heinrich dabei, wie er sein Frühstück verschlang, als würde es die nächsten Monate nichts mehr geben.

Sie liebte diese Zeit, morgens am Küchentisch, wenn es im Haus noch ruhig war, draußen auf den Straßen der Berufsverkehr noch nicht begonnen hatte und man manchmal die Vögel zwitschern hören konnte, wenn im Sommer mit den ersten Sonnenstrahlen der neuen Tag begann.

Else trank den letzten Schluck Kaffee, dann ging sie ins Bad. Als sie eine viertel Stunde später angezogen im Flur stand, legte sie Heinrich die Leine an, um mit ihm Gassi zu gehen.

Else wohnte in der Rosenstraße und ihr morgendlicher Weg führte sie stets zum kleinen Hafen. Heinrich lief an der halbhohen Mauer entlang, hob ab und an das Bein, um sich zu erleichtern. Else schaute aufs Wasser bis hin zur alten Hebebrücke, auf der ein Güterzug das alte Eisen der Brückenkonstruktion erzittern lies.

Nach kaum zehn Minuten begann Heinrich an der Leine zu ziehen um Else klar zu machen, dass er wieder nach Hause wollte. Während andere Hunde stundenlang herumschnüffelten, bis ihre Besitzer sie ungeduldig weiterziehen mussten, gehörte Heinrich nicht zu diesen abenteuerlustigen Frischluftfanatikern.

Ein Blick auf die Uhr zeigte Else, dass es nun aber auch Zeit war, an die Arbeit zu denken.

*

Gegen 5.00 Uhr bog Else in die Lange Straße ein. Der „Brotkrümel", von dem es noch drei weitere Läden gab, öffnete jeden Morgen Punkt 6.00 Uhr.

In all den Jahren war Else noch nie zu spät gekommen und sie konnte sich nicht erinnern, in der Stunde vor Öffnung nicht mit ihrer Arbeit fertig geworden zu sein.

Als Else nur wenige Meter vom „Brotkrümel" entfernt war, zog sie schon im Gehen den Ladenschlüssel aus der Jackentasche. Sie erreichte die Ladentür, wollte den Schlüssel ins Schloss stecken, doch

irgendetwas stimmte nicht. Wie sie es auch anstellte, der Schlüssel passte nicht ins Schloss.

Else schaute durch die Glastür und konnte nicht fassen, was sie im Inneren des Ladens sah.

*

Verwirrt klopfte sie an der Tür. Sehr schnell begriff sie, dass jemand mit Absicht das Schloss ausgewechselt hatte, damit sie nicht hereinkommen konnte.

Es dauerte keine zwei Minuten, bis ein ihr wohlvertrauter Kopf hinter dem Tresen hervorschaute.

Ihr Chef, Herr Onken, grinste sie schelmisch an, als freute er sich über den Scherz, den er sich mit ihr erlaubt hatte. Doch Else stand nicht der Sinn nach Scherzen.

Wütend hielt sie seinem Blick stand, bis auch ihr Chef seine Vorgesetztenmine aufsetzte und zur Tür ging.

„Guten Morgen Frau Kraft", begrüsste er sie, als wäre nichts geschehen.

Else trat in den Laden, schlängelte sich an ihm vorbei. Sie wollte in den Umkleideraum, um ihre Arbeitskleidung anzuziehen. Doch

Herr Onken folgte ihr flink wie ein Wiesel und hielt sie davon ab. Neben dem Tresen stoppte er sie und schüttelte bedauernd den Kopf. Else schaute sich Herrn Onken an. Erst jetzt bemerkte sie, dass er eine alte Jeans und ein schmutziges Flanellhemd trug. „Was ist denn hier passiert?", fragte sie, obwohl sie wusste, dass Herr Onken darauf brannte, ihr die neuesten Ereignisse zu schildern. Er ließ den Blick über die neuen Lederstühle und die neue Anordnung der Tische schweifen. Mit ausgestreckter Hand zeigte er auf die neue Tapete. „Wie Sie sehen, gibt es ab heute einige Veränderungen in diesem Laden. Die ganze Einrichtung war alt und auch die Tapete konnte ich nicht mehr ausstehen."

Die Erklärung ihres Chef zwang Else, sich genauer umzusehen. Mit der Tapete hatte er recht, aber durch die neue Ausrichtung der Tische, waren zwei dazugekommen, worunter jedoch der Platz zwischen den Gängen gelitten hatte. Sie stellte sich vor, wie sie sich mit den schwer beladenen Tabletts zwischen die Stühle vorbeizwängen musste, um ihre Kunden zu bedienen.

Else war etwas rundlich, nicht übergewichtig, aber sie fand es schade, dass ihr Chef bei der neuen Konzeption nicht an sie gedacht hatte. Else nickte stumm, ließ die neue Einrichtung auf sich wirken, ohne jedoch die Zeit aus den Augen zu lassen. Eine Stunde bis zur Öffnung vergingen wie im Fluge und sie hatte noch eine Menge zu tun. Um so mehr wunderte es sie, dass bereits zwei Backbleche mit Brötchen im Ofen lagen, die fast fertig gebacken waren.

Else bezweifelte, dass ihr Chef das bewerkstelligt hatte.

Noch immer hatte sie den Verdacht, dass dies noch nicht alles an Veränderung war. Else zog ihre Jacke aus und wieder schüttelte ihr Chef den Kopf.

„Was ist? Was wollen Sie mir sagen?"

Sie spürte, dass er etwas auf dem Herzen hatte und nicht die richtigen Worte fand.

„Frau Kraft, dass Sie heute mogen nicht mit Ihren Schlüssel hereinkommen konnten, hat einen Grund."

„Ja, weil Sie das Schloss ausgewechselt haben! Wollen Sie mir vielleicht sagen, dass heute Nacht jemand hier eingebrochen hat?"

Und wieder schüttelte Herr Onken den Kopf.

„Langsam verliere ich die Geduld. Sagen Sie endlich, was es zu sagen gibt, damit ich mit meiner Arbeit beginnen kann!"

Herr Onken trat von einem Bein aufs andere und räusperte sich.

„Frau Kraft, was ich Ihnen sagen will, ist.... Sie werden hier nicht mehr arbeiten. Ab morgen fangen Sie in unserer Filiale im Famila-center in Wechloy an."

Else brauchte einen Moment, um diese Information zu verarbeiten.

„Wie bitte? Was soll das heißen?"

„Das soll heißen, dass Sie ab sofort die kleinere Filiale dort übernehmen."

„Aber das kann doch...."

Herr Onken unterbrach sie mit erhobener Hand.

„Nun regen Sie sich doch nicht auf. Mit diesem neuen Konzept wollen wir hier mitten in der Innenstadt einen frischen Wind hereinbringen. Alles ist neu und auch Frau Müller ist neu, hat gerade ihre Lehre mit Bestnoten abgeschlossen und wird die Chance bekommen, sich hier zu bewähren."

„Aber was soll ich denn im Einkaufscenter? Die Filiale ist um die Hälfte kleiner, ich werde mich zu Tode langweilen. Hier sitzt jeder meiner Handgriffe, hier habe ich jeden Monat gute Umsätze erwirtschaftet und mir eine nicht unbeträchtliche Stammkundschaft erarbeitet."

Diesmal nickte Herr Onken zur Abwechslung.

„Sie haben vollkommen recht. Aber darum brauche ich Sie auch in der anderen Filiale. Die Umsätze dort sind schlecht und Sie haben einfach die Erfahrung, um Kunden an den Laden zu binden."

„Das hat aber auch ein paar Jahre gedauert!", erklärte Else außer sich.

Herr Onken holte tief Luft.

„Nun denken Sie doch mal positiv. Der Laden ist kleiner, Sie können etwas kürzer treten und ich bin mir sicher, in ein paar Wochen werden Sie mir dankbar sein, dass ich Sie dort hin geschickt habe."

Else verstand die Welt nicht mehr. Ihr Chef wollte sie aus dem Laden wegloben, in dem sie gelernt hatte, den sie fünfzehn Jahre im Grunde allein geleitet hatte, mit dem sie alt geworden war. Sie ging stramm auf die sechzig zu, ein Alter, in dem man sich nicht mehr so schnell umstellen konnte.

Sie musste an Heinrich denken, der nun noch früher aufstehen musste, da ihr Arbeitsweg trotz Busfahrt länger werden würde.

Ihr Chef begann sich allmählich zu entspannen.

Er glaubte, dass er die richtigen Argumente gefunden hatte, doch da täuschte er sich.

„Frau Müller wird den Laden hier schmeißen, da bin ich mir ganz sicher!"

Und als wäre die zweite Erwähung ihres Namens das Zeichen gewesen, schaute ein junges Mädchen mit langen blonden Haaren um die Ecke.

„Kommen Sie nur!", forderte Herr Onken Elses Nachfolgerin auf.

„Svenja Müller", stellte sich die junge Frau vor und reichte Else die Hand.

Else dachte nicht im Traum daran, gegenüber diesem Grünschnabel höflich zu sein und ihr die Hand zu geben, niemals. Das Piepen des Backautomats hinter ihnen half Else, das Gesicht zu wahren. Else schaute den Backautomaten an, als würde sie ihn heute zum ersten Mal sehen. Dann, in einem Reflex, den sie sich nicht erklären konnte, reichte Else dem jungen Mädchen ein Geschirrhandtuch und erklärte:

„Na, dann mal los, die Brötchen müssen raus."

Ihre Nachfolgerin wollte sich das nicht zweimal sagen lassen, nahm das Geschirrtuch zum Schutz ihrer Hände und zog beherzt das erste Backblech aus dem Ofen. Else stand rechts von ihr, versperrte dem Mädchen den Weg zum Tresen.

Plötzlich verzog das Mädchen das Gesicht, fing an, auf der Stelle zu tänzeln, als würde sie auf glühenden Kohlen stehen.

Else schaute auf das dünne Geschirrtuch, auf die zarten feingliedrigen Hände des Mädchens, die sich an dem heißen Backblech verbrannten.

Das junge Mädchen sah plötzlich keinen anderen Ausweg, als sich umzudrehen und das heiße Blech samt Brötchen fallen zu lassen.

Herr Onken trat zurück, wollte sich vor dem heißen Blech in Sicherheit bringen, das im hohen Bogen zu Boden fiel.

Herr Onken taumelte nach hinten, kam ins Straucheln und viel gegen einen der neuen Tische.

Sein Kopf schlug hart an der Tischkante auf.

Das Mädchen schrie auf.

Else konnte nicht sagen, ob es wegen der Verbrennung an ihren Händen war. Vielleicht lag es aber auch an dem Blut, das Herrn Onken seitlich am Kopf hinunter rann.

Else behielt die Ruhe. Sie hatte schon ganz andere Situationen gemeistert. Mehr als eine Platzwunde hatte er sich nicht zugezogen, da war sie sich sicher. Doch diese Gewissheit behielt sie lieber für sich.

Sie zog ihre Jacke aus, band sich eine Schürze um und schaute auf das Mädchen, das sich jammend zum Chef hinunterkniete.

„Oh mein Gott!", jammerte sie, „Er wird doch nicht sterben?"

Else schaute sie streng an.

„Woher soll ich das denn wissen? Ich bin Bäckereifachverkäuferin und keine Krankenschwester." Else holte tief Luft und schüttelte geringschätzig den Kopf.

„Nun rufen Sie schon den Notarzt. Ich glaube nicht, dass Sie beurteilen können, ob er sich von alleine wieder aufrappeln wird! Oder haben Sie etwa auch eine Ausbildung als Rettungssanitäterin?"

Else nahm ihre Handschuhe und holte das nächste Blech mit den fertigen Brötchen aus dem Ofen.

Das Mädchen ging zum Telefon. Mit zittriger Stimme erklärte sie, was gerade geschehen war, und legte erleichtert auf.

„Der Krankenwagen ist gleich da!" erklärte sie.

Else ließ ihr keine Atempause.

„Während Sie sich bitte um den Schlamassel kümmern, den Sie angerichtet haben", Else zeigte auf die Brötchen, die überall auf dem Boden herumlagen, „übernehme ich heute wie immer das Ladengeschäft. Beim Brötchenschmieren müssen Sie mir nachher leider helfen, wegen Ihrer Tollpatschigkeit, werden einige Stammkunden enttäuscht sein, nicht rechtzeitig ihre fertigen Brötchen zu bekommen. Ich werde ihnen erkären müssen, warum sie heute in ihrer Frühstückspause auf ihr wohlverdientes belegtes Brötchen verzichten müssen.

Else startete die Kaffeemaschine. Dann ließ sie sich von dem jungen Frau, das noch immer neben dem vor Schmerz stöhnenden Chef kauerte, den neuen Türschlüssel geben.

Als Else dann endlich pünktlich den Laden öffnete, musste sie an Heinrich denken, dem sie heute Abend eine Menge zu erzählen hatte.

DIE GELIEBTE

Katja hatte vor zwei Jahren die großzügig geschnittene Altbauwohnung in der Zeughausstraße von ihrer verstorbenen Mutter geerbt.

Keine Sekunde hatte sie gezögert, die ihr wohlvertrauten 130 Quadratmeter wieder mit neuem Leben auszufüllen.

Wann immer sie durch die Räume ging, schien ihre Seele aufzublühen, so wie ihr Leben, als sie erfuhr, dass ihre sparsame Mutter ihrer Tochter zusätzlich ein dickes Bankkonto hinterlassen hatte, mit dem sie beruhigt auf ihren Lebensabend zusteuern konnte. Doch daran brauchte sie im Augenblick nicht zu denken.

Mit einundvierzig Jahren stand sie mitten im Leben und seit einem knappen Monat hatte sie auch wieder einen Mann an ihrer Seite, in dessen Nähe sie sich wohl fühlte.

Sie hatten sich auf dem letzten Kramermarkt kennengelernt.

Katja war mit einem Eis bewaffnet durch die schmalen Gänge an den Fahrgeschäften gegangen.

Selbst betrat sie nie ein Karussell, denn viel zu schnell wurde ihr von den schwindelerregenden Drehungen und Überschlägen schlecht.

Trotz der Angst vor diesen Ungeheuer, hatte sie sich das kindliche Staunen über all die Lichter und die ausgelassene kindliche Freude der Besucher, die sie gern beobachtete, bewahrt.

Mit dieser Neugier hatte sie sich umgesehen und nicht bemerkt, wie vor ihr ein großer schlanker Mann stehen blieb. Ungebremst rempelte Katja ihn von hinten an und verschmierte das Erdbeereis in ihrer Hand, auf seiner Jacke.

Sie musste grinsen und sprach den Mann von hinten an.

Als er sich umdrehte, wunderte er sich über ihr Lachen und wartete bis sie sich beruhigt hatte, denn ihm war klar, dass sie ihm etwas sagen wollte.

Als sie ihm erklärt hatte, dass an seinem Rücken zwei Kugeln Erdbeereis schmolzen, zog er sich die Jacke aus und musterte die blutroten Flecken.

Katja hatte ihm vorgeschlagen, für die Reinigung aufzukommen, und darauf bestanden, die Jacke mit nach Hause zu nehmen.

Am Ende hatte sie nicht nur die Jacke, sondern auch deren Besitzer Hartmut mit nach Hause genommen.

Seit diesem Tag sahen sie sich zweimal die Woche, öfter ließ es sein stressiger Job als Rechtsanwalt in einer großen Kanzlei nicht zu. Schon beim ersten Zusammentreffen hatte sie seinen Ehering bemerkt. Da Hartmut trotz seiner Ehe gern mit ihr zusammen war, sah sie keinen Sinn darin, sich selbst über diesen Umstand den Kopf zu zerbrechen.

Sie war sich ihrer Stellung als seine Geliebte sehr wohl bewusst und wollte daran auch nichts ändern.

So lange Hartmut nicht vorhatte, sich von seiner Ehefrau zu trennen, würde sie die gemeinsame Zeit in vollen Zügen genießen.

*

Katja zündete die Kerzen auf dem festlich gedeckten Tisch an.

Eine Stehlampe in der Ecken des Wohnzimmers verströmte angenehm warmes Licht.

Die sanfte Stimme von Lionel Richi erklang aus der Stereoanlage, die im Bücherregal stand.

Alles war für ihr wöchentliches gemeinsames Abendessen vorbereitet.

Die Lasagne im Ofen würde in zehn Minuten fertig sein.

Katja ging noch einmal ins Bad, stellte sich vor den Spiegel und überprüfte ihr Makeup.

Sie hatte Spaß daran, sich für Hartmut schön zu machen.

Auch das war ein Vorteil davon, die Geliebte eines verheirateten Mannes zu sein.

Mit ihr würde er nie den eintönigen Alltag erleben, sich nie über den Abwasch streiten müssen oder über Zahnpastaspritzer auf dem Spiegel über dem Waschbecken.

*

Genau um zwanzig Uhr klingelte es an der Tür.

Katja holte schnell das Essen aus dem Herd, stellte die Auflaufform auf den Tisch und ging zur Tür.

Hartmut überreichte ihr einen Strauß gelber Rosen, gab ihr einen Kuss und sog den Duft der frischen Lasagne ein.

„Riecht lecker!" Hungrig rieb er sich die Hände und ging zum Tisch.

Katja schloss die Tür, ging in die Küche und stellte die Blumen ins Wasser.

Als sie die Vase samt Rosen auf den Tisch neben die Kerzen stellte, bemerkte sie, dass irgndetwas an Hartmut anders war als sonst.

Sie hatte ein Gespür dafür, bemerkte es an seiner Körpersprache. Ein weiterer Vorteil, wenn man sich nicht jeden Tag sah. Schon die kleinste Veränderung fiel auf. Katja nahm Hartmuts Teller, und während sie ihm ein Stück Lasagne auf den Teller legte, fragte sie:

„Was ist los? Irgendetwas bedrückt dich doch!"

Hartmut goss ihnen Wein ein. Als er die halb leere Rotweinflasche zurück auf den Tisch stellte, schaute er sie mit anerkennender Bewunderung an.

„Stammst du von einer Zigeunerin ab?"

Katja grinste, vermied, ihm zu erklären, dass er einfach leicht zu durchschauen war.

„Oder wollen wir erst essen, bevor du mir von deinen Sorgen erzählst?"

Hartmut langte erst kräftig zu, lobte ihre Kochkünste, bevor er ungeduldig zur Sache kam.

„Kannst du dich noch an den Nachmittag vor einer Woche erinnern, als wir zusammen in dem Kaffee-Haus in der Lindenallee waren...?"

*

Katja schaute ihn verwirrt an. Sie wunderte sich über seine Frage, ahnte nicht, worauf er hinaus wollte.

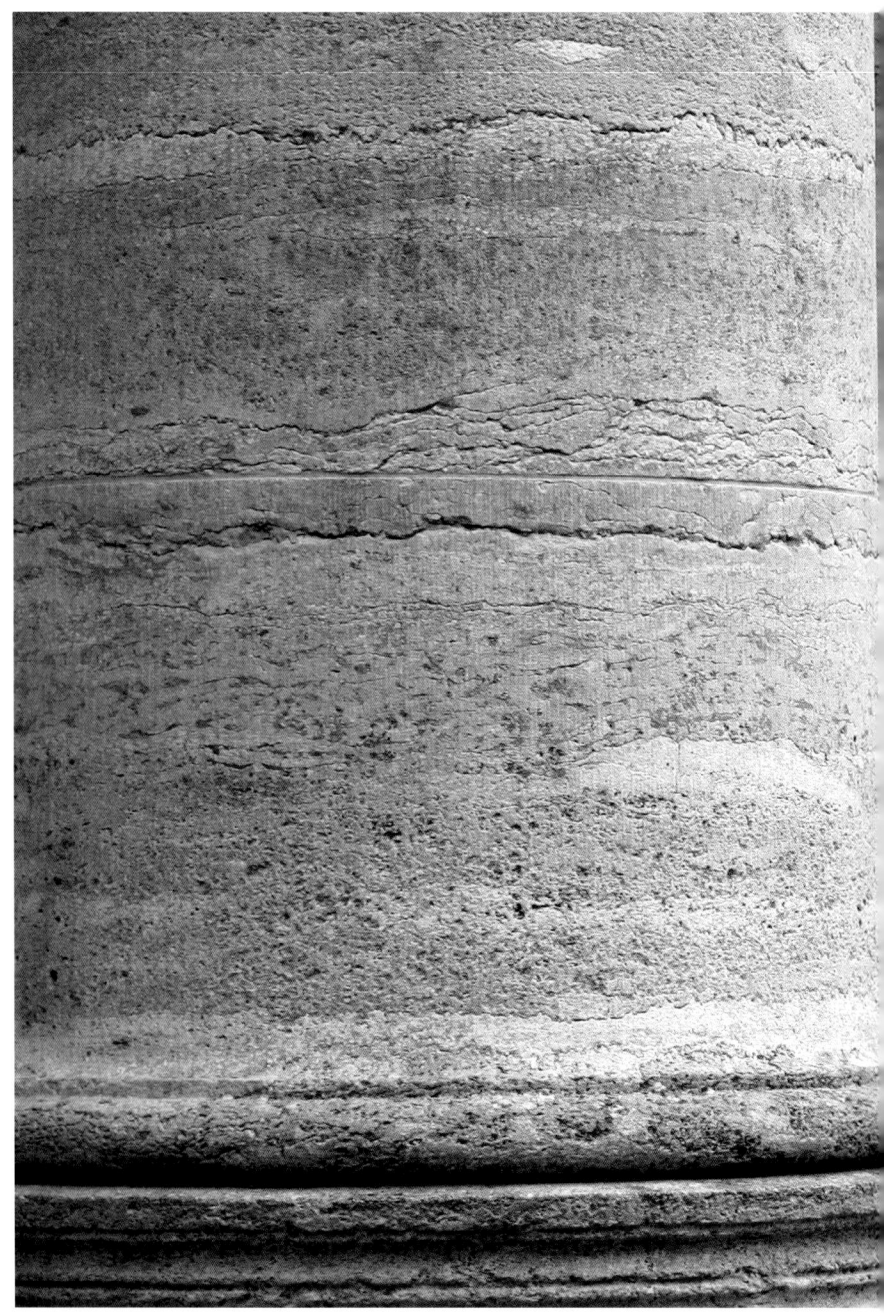

Natürlich konnte sie sich an das Kaffee-Haus erinnern. Es befindet sich in einer Stadtvilla. Sie konnte sich sogar noch an die weißen Zuckerdosen aus Porzellan auf den Tischen erinnern.

In diesem kleinen gemütlichen Raum stand ein weißes Sofa vor einem nur mäßig befüllten Bücherregal.

„Ist dir die Frau auf dem weißen Sofa vor dem Bücherregal aufgefallen?", fragte er weiter.

Katja kramte in ihren Erinnerungen. Enttäuscht schüttelte sie den Kopf.

„Nein, leider nicht. Was ist denn mit dieser Frau?"

Hartmut legte die Gabel zur Seite, als hätte er plötzlich keinen Hunger mehr.

Er trank ein Schluck Wein, bevor er weitersprach.

„Die Frau war meine Frau."

Katja rümpfte unsicher die Nase.

Sie konnte sich zwar nicht an die Frau erinnern, aber daran, dass sie wie zwei verliebte Teenager herumgealbert und sich ständig geküsst hatten.

Bei all den Albernheiten war sogar der bestellte Kaffee kalt geworden.

Hartmut griff in seine Gesäßtasche und legte ihr ein Foto neben den Teller.

„Das hat sie mir heute morgen gegeben, bevor sie mich aus dem Haus geworfen hat!"

Katja zog das Foto zu sich heran.

Darauf sah sie sich mit Hartmut. Sie beugte sich zu ihm über den Tisch und küsste ihn zärtlich auf den Mund.

Unschlüssig zuckte sie mit den Schultern. Sie war nicht sicher, wie sie auf diese Enthüllung reagieren sollte.

„Will sie die Scheidung?", fragte sie gerade heraus und schaute Hartmut in abwartender Haltung an.

„Nein, sie will nicht die Scheidung, dennoch hat sie einen teuflischen Plan ausgeheckt. Es schien mir, als hätte sie ihn in den letzten Tagen bis ins kleinste Detail ausgeklügelt."

Katja war neugierig, was Hartmut ihr nun eröffnen würde. Sie schenkte sich Wein ein, fühlte sich ungewöhnlich ruhig, als hätte sie mit all dem nichts zu tun, obwohl das natürlich nicht stimmte.

„Sie erpresst mich. Sie will, dass ich ihr jeden Montag einen Briefumschlag mit 1000□ in den Briefkasten neben unserer Haustür werfe. Sie sagt, sie will mich nicht mehr sehen, und droht, sollte ich auf ihre Forderung nicht eingehen, sie würde das Foto meinem Chef in der Anwaltskanzlei zukommen lassen."

„Tausend Euro? Und wie lange will sie dich bluten lassen?"

Katja schaute ihn ernst an.

„Ich denke, bis das Geld, dass ich mir zusammen gespart habe, aufgebraucht ist. Der Haken ist nur, das dieses Geld für den Fall gedacht war, dass man mich als Partner in die Kanzlei vorschlägt. Es ist nicht billig, sich in die Kanzlei einzukaufen."

Hartmut holte tief Luft, trank den letzten Schluck Rotwein aus und starrte vor sich hin.

Er schien keine Lösung von Katja zu erwarten. Vielleicht dachte er wie sie darüber nach, wie es mit ihnen beiden nun weitergehen solle.

„Wo wirst du unterkommen?"

„Ich schlafe bei einem alten Schulfreund, habe ihn schon angerufen", erklärte Hartmut.

Katja war erleichtert, zeigte es Hartmut aber nicht. Sie nickte nur, stand auf und begann, das Geschirr vom Tisch abzuräumen. Keiner von ihnen hatte noch Hunger. Katja verschwand in der Küche, wollte ihm Zeit geben, über seine Situation nachzudenken.

Auch wenn diese Angelegenheit Katja nicht direkt betraf, so wusste sie doch, dass sich ihre Liebesbeziehung ab jetzt grundlegend ändern würde. Der Schatten seiner Ehefrau schwebte nun wie eine dunkle Wolke über ihnen und es sah nicht aus, als würde er in absehbarer Zeit verschwinden. Katja holte die restliche Lasagne vom Tisch und schob sie in den Herd. Hartmut saß nachdenklich am Tisch, hatte sich den Rest aus der Flasche ins Glas geschüttet und schien angestrengt nach einer Lösung zu suchen.

Sie rechnete es ihm hoch an, dass er nicht den geprügelten Knaben oder gar den unverstandenen Ehemann gab. Auch hatte er sie bis jetzt nicht angefleht, ihr doch beizustehen. Aus diesem Grund beschloss, sie ihm zu helfen.

*

„Das Geld ist kein Problem. Du lässt dein Geld da, wo es ist. Ich werde an deiner Stelle diese Summe zahlen."

Hartmut schreckte auf, als hätte sie soeben sein Todesurteil verkündet. Mit weit aufgerissenen Augen schaute er sie an.

„Nein, dass will ich nicht, dass kann ich nicht von dir verlangen!", erklärte er mit fester Stimme.

„Das hast du ja auch nicht und aus diesem Grund werde ich dir auch helfen."

Sie nahm seine Hand und zog ihn vom Stuhl. Mit ihm zusammen ging sie zur Stereoanlage, drehte die Musik etwas lauter und schmiegte sich an seinen Körper.

„Lass uns die Angelegenheit für heute Abend vergessen, lass uns tanzen!"

Hartmut nickte stumm, küsste Katja in den Nacken und flüsterte: „Du bist ein Klassefrau."

„Ich weiß", antwortete Katja und näherte sich mit ihm tanzend dem Schlafzimmer, dessen Tür nur angelehnt war. Mit einem sanften Stoß öffnete sie die Tür mit der Fußspitze.

„Lass das Licht aus und mach das, was ein Mann mit seiner Geliebten am liebsten anstellt."

Hartmut ließ sich das nicht zweimal sagen.

*

Katja saß in Hartmuts Wagen, den er in der Bismarckstraße direkt gegenüber eines grün gestrichenen Hauses geparkt hatte.

Sie sah, wie er zum Briefkasten ging und einen weißen Umschlag mit dem Geld, das Katja auf dem Weg hierher von ihrem Bankkonto abgehoben hatte, durch den Briefschlitz warf.

Diese ganze Szene hat etwas Erniedrigendes, dachte Katja still. Aber das war wohl auch die Absicht seiner Ehefrau.

Und zu allem Überfluss bemerkte sie, dass sich eine Gardine im ersten Stock des Hauses bewegte. Ein Kopf schaute kurz an der Seite hervor.

Katja erkannte die Frau wieder.

Es war das rote Haar, an das sie sich erinnerte. Diese Frau hatte tatsächlich an jenem Tag in dem Kaffee- Haus gesessen. Sie war ihr nicht aufgefallen, weil sie andere Dinge im Kopf gehabt hatte.

Wie erbärmlich, ging es Katja durch den Kopf. Aber sie wusste auch, dass Hartmut auf den Deal eingehen musste.

Sie konnte sich vorstellen, dass er und seine Kollegen in ihren Pausen in der Kaffeeküche standen und sicher nicht nur in schwärmerischem Ton über das weibliche Geschlecht sprachen. Sie sah vor ihrem geistigen Auge den einen oder anderen Mann, der zu Hause nichts zu sagen hatte, aber vor seinen Kollegen einen auf weltmännisch und Macho machte.

Katja stellte sich vor, dass es nur Angebereien waren, die keiner der Kollegen als bare Münze nahm oder gar überprüfen wollte.

Aber ein Foto, das möglicherweise durch die Reihen der Kollegen ging, auf dem ein Kollege mit seiner Geliebten zu sehen war, schien dann doch eine Angelegenheit zu sein, die man nicht einfach ignorieren konnte.

Hartmut kam zum Auto zurück, stieg ein und startete erleichtert den Motor.

„Na siehst du, war doch gar nicht so schlimm!", versuchte sie ihn aufzumuntern und tätschelte ihm beruhigend den Arm.

Je öfter du das gemacht hast, desto unbedeutender werden für dich die paar Schritte zum Briefkasten."

Hartmut nickte stumm, doch so recht schien er daran noch nicht glauben zu wollen.

*

Eine Woche lang hatte sich Hartmut nicht bei ihr gemeldet. Sie machte sich nicht wirklich Sorgen um ihn. Es konnte tausend Gründe dafür haben, dass er keine Zeit für sie hatte. Allerdings war Montag und seine wöchentliche Zahlung bei seiner Frau stand an.

Sie hatte am Freitag zum zehnten Mal die fällige Summe abgehoben.

Seit den frühen Morgenstunden dachte Katja darüber nach, ob sie statt seiner das Geld in den Briefkasten in der Bismarkstraße werfen sollte. Eigentlich war es nicht ihre Aufgabe, sich um seine Angelegenheiten zu kümmern, doch mit der Zusage, ihm das Geld zu geben, hatte sie eine unsichtbare Grenze überschritten, hinter die sie sich nicht mehr zurückziehen konnte.

Katja holte den Briefumschlag mit dem Geld aus dem Küchenschrank, zog sich eine dünne Strickjacke über und verließ die Wohnung.

*

Von der Zeughausstraße bis zur Bismarkstraße war es nicht weit, und als sie nach einer viertel Stunde Fußmarsch vor dem Haus stand, schaute sie zum Fenster hinauf und rechnete damit, einen Schatten hinter der Gardine ausmachen zu können. Doch nichts regte sich hinter dem Fenster. Sie ging die vier Stufen zum Briefkasten hoch und zog den Briefumschlag mit dem Geld aus der Tasche.

Als sie den Brief gerade hineinwerfen wollte, öffnete sich plötzlich die Haustür und eine Frau, deren Gesicht sie schon einmal hinter den Gardinen gesehen hatte, schaute sie mit großen Augen an.

Katja zog den Umschlag vom Briefkasten zurück und hielt ihr den Brief entgegen.

Ohne sich zu rühren, schaute die Frau auf den Umschlag und schüttelte den Kopf.

„Ich soll Ihnen von Herrn Drews ausrichten, dass Sie das Geld behalten können, zehntausend Euro sind mehr als genug!"

Katja verstand kein Wort, schaute die Frau verwirrt an.

„Oh...!"

Die Frau schaute Katja bedauernd an und hob die Schultern.

„Ich fürchte, Sie haben keine Ahnung von was ich spreche."

Katja nickte.

„Ja, da haben Sie vollkommen recht."

Ihr kam die Frau merkwürdig vor. Es schien kein Wunder, dass Hartmut sich eine Geliebte zugelegt hatte. Diese Frau schien verwirrt zu sein und es war sicher nicht einfach, mit ihr zusammen zuleben. „Wo ist Hartmut denn? Ist er zu Hause?" Katja versuchte, einen Blick hinter die Frau in den Flur zu erhaschen. Zu ihrer großen Überraschung trat die Frau einen Schritt zur Seite und wies mit ausgestrecktem Arm einladend hinter sich.

„Sie können gern reinkommen, aber ich fürchte, Sie werden umsonst nach ihm suchen. Herr Drews ist vor drei Tagen ausgezogen."

Das Hartmut nicht mehr hier wohnte, wusste Katja bereits, aber dennoch hatte sie das unbestimmte Gefühl, dass irgendetwas nicht stimmte. Sie schaute sich die Frau genauer an. Sie hatte eine Kittelschürze an, die sie schon lange nicht mehr an einer Frau gesehen hatte. Ihr Haar, dass sie zu einem Pferdeschwanz zusammengebunden hatte, schien nass zu sein.

Dann sah sie den Wischeimer und den Schrubber hinter sich am Boden stehen.

„Sie sind doch Hartmuts Frau?", wagte sich Katja nach vorn und schrack zusammen, als die Frau sich über die feuchte Stirn wischte und lauthals zu lachen begann.

Es dauerte einen Moment, bis sie sich wieder gefangen hatte.

Kopfschüttelnd erklärte sie, wobei ein leises Glucksen ihre Worte unterbrach:

„Dass Herr Drews immer noch mit der Nummer mit der erpresserischen Ehefrau durchkommt, ist mir ein Rätsel."

„Mit der Nummer?"

Katja verstand kein Wort, hatte aber plötzlich eine Ahnung.

Die Frau klärte Katja schuldbewusst auf:

Ich fühl mich
so leer!

„Herr Drews war nie verheiratet. Und ich bin nicht seine Ehefrau, ich bin eigentlich Schauspielerin ohne festes Engagement.

Und wenn es sein muss, so wie in Ihrem Fall, bekomme ich von ihm die Rolle der bösen Ehefrau, obwohl es keine große Rolle ist. Wir kennen uns von früher, aus der Schule. Wir sind zusammen in eine Klasse gegangen. Ein alter Schulfreund sozusagen, obwohl der Begriff Freund nicht wirklich zutrifft. Er ist ein Halunke, ein Betrüger, wie Sie ja gerade feststellen. Ich mache seine Raubzüge mit, denn er zahlt meinen Anteil an der Scharade sehr gut und von irgendetwas muss man ja leben." Mit diesen Worten griff sie zum Wischeimer.

„Es tut mir leid, aber Herr Drews hat Sie reingelegt, und wenn es Sie tröstet, Sie sind nicht die Einzige, deren Herz er gebrochen hat."

*

Reglos hatte Katja den Erklärungen der Frau zugehört. Nun schauten sie sich stumm an und beide wussten im Stillen, dass es zwischen ihnen nichts mehr zu sagen gab.

Katja zog sich grußlos zurück. Sie begann ziellos durch die Straßen zu laufen.

Um das verlorene Geld trauerte sie nicht, das war ihr egal.

Das Einzige was sie ärgerte, war die Tatsache, dass sie geglaubt hatte, alles richtig gemacht zu haben. Im Stillen stellte sie sich die immer gleiche Frage.

Welchen Hinweis habe ich übersehen, der mir signalisiert hätte, das ich gerade dabei war, mich in meinem Leben zu verlaufen...?

VERSCHLUSSSACHE

Franz fühlte sich unwohl. Auch wenn er sich seiner Sache sicher war, hatte er noch nie vor dem Oldenburger Landgericht gestanden, geschweige den bewusst einen Fuß ins Gerichtsviertel gesetzt.

Er selbst wohnte in der Haarenstraße und betrieb seit zwei Jahren eine kleine Imbissbude. Das Geschäft lief gut, er war zufrieden.

Franz schaute enttäuscht auf das Gebäude, in diesem eckigen Backsteinkasten sollte ein Richter also über sein Anliegen verhandeln. Er hatte sich alles etwas pompöser vorgestellt.

Gut, der Fall, wegen dem er hier stand, hatte nichts Spektakuläres an sich, aber einen pompösen Rahmen hätte er sich doch gewünscht.

Franz erklomm mit seinem massigen Körper die ersten acht Stufen und nach den nächsten fünf blieb er vor einer schwarzen Tür stehen. Er war bereits außer Atem und wischte sich den Schweiß von der Stirn.

Mühevoll rang er nach Luft und drückte seine halb aufgerauchte Zigarette links neben der Tür im Aschenbecher aus.

Vier weitere Stufen führten ihn erneut zu einer Tür, die von einer Frau am Empfang durch einen Knopfdruck automatisch geöffnet wurde. Franz hoffte nur, dass es in diesem Gebäude einen Fahrstuhl gab.

Er hatte Glück. Als er einen Blick zur rechten Seite riskierte, sah er Vanessa vor einer Tür auf einem Stuhl sitzen. Er blieb ein paar Schritte von ihr entfernt stehen.

Sie schien ihn erst nicht zu bemerken, doch dann drehte sie ihren Kopf um und schüttelte gelangweilt den Kopf.

„Dass ich wegen Dir hier sitzen muss, ist echt der Hammer. Weißt Du, wie viel Kunden ich wegen Dir heute Vormittag umlegen musste?"

Franz grinste, auch wenn der Anlass ihres Erscheinens für ihn nicht witzig war.

„Du ermordest deine Kunden?"

Vanessa verzog das Gesicht.

„Ich merke schon, für Dich...."

Sie wurde von einem Gerichtsdiener unterbrochen, der eine Tür vor ihnen öffnete und erklärte:

„In der Sache Dimmer und Köhler bitte ich die beiden Parteien mir zu folgen."

„Du heißt Köhler?" flüsterte Franz Vanessa zu, der direkt hinter ihr ins Zimmer ging.

„Ja, Edeltraud Köhler, wenn Du es genau wissen willst", zischte sie ihn an und ging auf den ihr zugewiesenen Platz.

*

Nachdem man ihre Personalien überprüft hatte, wandte sich der Richter an Franz und forderte ihn auf, ihm sein Anliegen möglichst chronologisch zu schildern. Franz blieb an seinem Platz stehen, holte tief Luft und begann seine Geschichte vorzutragen.

*

„Seit etwa drei Jahren nehme ich die Kundendienste von Vanessa, ich meine Frau Köhler, in Anspruch. Einmal im Monat besuche ich ihr Relax-Studio im Wechloyer Weg. Ich muss sagen, bis jetzt hatte ich keinen Grund zur Klage. Als ich jedoch vor einen paar Wochen mit meinem Koffer dort anreiste, hatte ich schon so ein komisches Bauchgefühl."

Vanessa schaute zu Franz, verzog das Gesicht und rollte genervt die Augen.

„Fragen Sie ihn mal nach dem Koffer!", rief sie in den Raum.

Der Richter ermahnte sie umgehend.

„Frau Köhler, lassen Sie Herrn Dimmer bitte ungestört seine Geschichte vortragen."

Der Richter räusperte sich kurz, als er unvermittelt fragte:

„Was hat es denn mit diesem Koffer auf sich?"

Er war sich nicht sicher, ob es klug war, diese Frage zu stellen, doch vielleicht würde es der Klarstellung des Fall dienlich sein.

„In diesem Koffer bringe ich immer meine Wohlfühlsachen mit, wenn ich es mal so ausdrücken darf."

Als Franz bemerkte, dass der Richter ihn neugierig anschaute, fühlte er sich gezwungen, näher auf den Inhalt einzugehen.

„Ich bringe immer meine eigene frisch gewaschene Bettwäsche mit. Schon als ich das Bettlacken auf Frau Köhlers Bett allein aufziehen musste, ohne dass sie mir dabei wie sonst half, schien sie von einer inneren Unruhe ergriffen zu sein. Als ich die Bilder mit den nackten Frauen von der Wand abnahm, um meine Nordseebilder aufzuhängen, setzte sie mich unter Druck, indem sie mir erklärte, dass die Uhr bereits zu ticken angefangen hatte und alles von meiner bezahlten Stunde abging.

„Sie hängen Bilder mit nackten Frauen ab?", fragte der Richter verwirrt.

Franz nickte und schien sich über die Frage zu wundern.

„Ja, Herr Richter, ich finde es komisch, wenn ich immer daran denken muss, dass über mir Frauen auf mich herabschauen. So könnte ich mich nie auf Vanessa, ich meine Frau Köhler, konzentrieren."

Der Richter nickte, war froh mit seiner Nachfrage glimpflich davon gekommen zu sein. Naja, und als ich dann die Meditations- CD mit dem Meeresrauschen in Vanessas, ich meine Frau Köhlers, Player gelegt hatte, schaute sie bereits zur Uhr.

Dann verschwand sie kurz im Bad. Vorher forderte sie mich auf, mich doch schon mal auszuziehen. Als sie wiederkam, wunderte sie sich, dass ich zwar mit freiem Oberkörper, aber noch mit meiner Jeans bekleidet vorm Bett stand. Sie gab mir ein Kondom und ich fragte sie, ob sie eine Liste über die stoffliche Zusammensetzung des Gummis irgendwo ausgehängt habe.

„Sie wissen ja Herr Richter, die Unverträglichkeiten und Allergien haben in den letzten Jahren stark zugenommen."

Vanessa holte tief Luft und grummelte vor sich hin:

„Den Steifen, den Du immer dabei bekommst, wenn ich ihn Dir überziehe, gilt noch nicht als allergische Reaktion. Im übrigen bin ich es doch, die das Gummi in den Mund nimmt."

„Bitte Frau Köhler, halten sie sich zurück!", fuhr der Richter dazwischen.

„Na, ist doch wahr", entgegnete sie kleinlaut.

Der Richter wandte sich an Franz:

„Also dann fahren Sie mal fort."

„Naja, ich stand da und fühlte mich ein wenig belämmert.

Ich hatte eine Erektion in der Hose, doch bekam ich den Reißverschluss nicht auf. Dass ich den oberen Knopf der Hose auf bekommen hatte, half leider nicht viel.

Ich bat Vanessa, mir zu helfen. Sie kniete sich vor mich hin und riss am Reißverschluss, doch er ließ sich nicht bewegen.

Ich versuchte, die Erektion ein bisschen abschwellen zu lassen, indem ich an die schrumpligen Bratwürste, die ich am Ende meines Arbeitstages zum halben Preis an die Kunden verscherble, zu denken, doch all das half nicht."

„Ich habe ihm vorgeschlagen, die Hose mit einer Schere aufzuschneiden!", mischte sich Vanessa ein.

„Frau Köhler, ich ermahne Sie nur noch einmal, dann ist ein Ordnungsgeld wegen Missachtung des Gerichts fällig."

Der Richter rümpfte die Nase.

„Also weiter, Herr Dimmer!"

„Ich lehnte natürlich ihren Vorschlag ab, immerhin besitze ich nur diesen einen Jeanstyp."

Franz machte eine kurze Pause, holte noch einmal tief Luft und kam dann zum Ende seiner Schilderung.

„Vanessa, ich meine Frau Köhler, hat sich dann schulterzuckend vor mich hingestellt und erklärt, dass es das für heute gewesen sei. Und dann besaß sie die Frechheit, mein Bettzeug von ihrem Bett zu reißen, obwohl es frisch gebügelt war, nahm achtlos die Bilder von der Wand und warf alles in meinen Koffer. Geistesgegenwärtig sprang ich, so gut es mit dem offenen Hosenknopf ging, zur Stereoanlage und nahm meine Meditations-CD heraus. Ich bin mir sicher, hätte ich das nicht selbst gemacht, Vanessa hätte, ich meine Frau Köhler, sie mit ihren langen Fingernägeln sicherlich zerkratzt.

Aber das Schlimmste war, dass sie mir die gezahlten 150 €, die sie von mir im voraus für die Stunde abgeknöpft hatte, nicht wiedergeben wollte. Dabei war doch überhaupt nichts passiert. Sogar das aufgerissene Kondom riss sie mir aus den Händen."

Franz machte eine Pause, schien von all den Schilderungen erschöpft, als hätte er gerade alles noch einmal am eigenen Leib durchlebt. Dann zeigte er auf Vanessa, die eigentlich Edeltraud Köhler hieß, und sagte mit fester Stimme:

„Ich klage Vanessa, ich meine Frau Köhler, wegen Beischlafdiebstahl an!", rief er in den Raum und setzte sich erschöpft auf seinen Platz.

„Gut, Herr Dimmer, vielen Dank für ihren Bericht. Wie die Anklage am Ende aussieht, werden wir sehen."

Mit diesen Worten wandte er sich an Frau Köhler.

„Was sagen Sie zu diesem Vorwurf? Sie haben jetzt die Gelegenheit, sich zu äußern."

Vanessa winkte gelangweilt ab.

„Ich sage nur eines. Herr Dimmer kann sich in Zukunft seinen Dödel hinstecken, wo er will, wenn er denn dazu in der Lage sein wird. Nur bei mir braucht er nicht mehr aufzutauchen!"

Franz war über Vanessas Worte zerknirscht. Warum wollte sie gleich alle Brücken zwischen ihnen abbrechen? Er bestand doch lediglich auf die 150 €, die sie ihm ohne erkennbare Leistung abgenommen hatte. Er hoffte, dass sie sich bald wieder beruhigen würde, und dann würde er sich wieder bei ihr melden. Ihre Telefonnummer hatte er noch.

*

Der Richter zog sich zur Beratung zurück, und als er wieder erschien, verkündete er:

„Die Angelegenheit gegen Frau Edeltraud Köhler wegen des Beischlafdiebstahls wird mit der Auflage eingestellt, dass sie 150 € für nicht erbrachte Dienstleistungen zurückerstatten muss."

Daraufhin verließ Vanessa das Gerichtsgebäude, ohne Franz eines einzigen Blickes zu würdigen.

Franz blieb noch einen Moment am Aschenbecher vor dem Gerichtsgebäude stehen. Als er seine zweite Zigarette in Folge angezündet hatte, bemerkte er, dass seine Blase drückte.

Das ganz Verfahren schien ihm mehr an die Nieren gegangen zu sein, als er geglaubt hatte.

Unverzüglich drückte er die Zigarette aus. Er wollte zurück ins Gerichtsgebäude, dort hatte er ein WC- Schild gesehen, doch dann fiel ihm ein, dass er der Frau am Empfang, die für ihn die Tür öffnen musste, sein Anliegen vortragen musste. Allein diese Vorstellung trieb ihm die Schamröte ins Gesicht.

Doch die Tatsache, dass seine Blase sich immer nachdrücklicher meldete, ließ ihn nur noch einen Ausweg. Er überquerte die Elisabethstrasse und steuerte einen dicken Baumstamm am Rand des Gondelteiches an.

Mühelos öffnete er den Reißverschluss seiner Hose und pinkelte erleichtert gegen den Baum.

Er war kaum fertig, als plötzlich keine zwei Meter neben ihm Vanessa auftauchte. Sie hielt ein Smartphone in den Händen und Franz brauchte nicht erst eine Glaskugel, um zu wissen, was sie gerade aufnahm.

„Was glauben Du, was Pinkeln in der Öffentlichkeit so kostet?", grinste Vanessa und schaute auf seine Hände, die zitternd am Hosenschlitz hantierten.

„Keine Ahnung", gab er ehrlich zur Antwort.

Vanessa steckte das Smartphone in die Handtasche und hängte sie sich über die Schulter. Dann trat sie ganz dicht an Franz heran, der sich nicht zu rühren wagte.

„Ich denke, seinen Pimmel in der Öffentlichkeit zu zeigen, kostet bestimmt 150 € Strafe. Bekommt man da nicht eine Anzeige wegen öffentlicher Belästigung oder wie das heißt..?"

Franz sah, wie Vanessa ihr Spiel genoss.

„Ich könnte den kleinen Film aber auch ins Netz stellen und mir die Meinung der User einholen."

Franz holte tief Luft. Er wusste, dass er in eine Falle getappt war und Vanessa erst Ruhe geben würde, wenn sie ihr Geld von ihm wiederbekommen hatte.

Franz gab sich geschlagen, zog seine Geldbörse aus der Tasche und flüsterte Vanessa zu:

„Hier hast du das Geld, aber die feine englische Art ist das nicht!"

Vanessa hob wie eine Siegerin das Geld in die Luft.

„Danke Süßer, englisch vielleicht nicht, aber wir könnte es ja mal mit französisch probieren, zum Freundschaftspreis."

Franz verzog das Gesicht und wandte sich zum Gehen.

Von Vanessa oder besser Frau Köhler hatte er fürs erste die Nase voll.

DER TRAUM DES GÄRTNERS

Mein Name ist Kalle, Kalle Baumann. Ich bin 24 Jahre alt und Gärtner. Der Job macht mir echt Spaß und ich übertreibe nicht, wenn ich behaupte, dass ich echt zufrieden bin.

Wie jeden Freitag, so sitze ich auch heute im ZEUS, einem griechischen Restaurant am Friedhofsweg.

Einmal in der Woche gönne ich mir hier ein Essen: Gyros spezial mit Metaxasoße, überbackenen mit Goudakäse und einen kleinen Krautsalat dazu.

Ich genieße es, mitten im Trubel zu sitzen, den Leuten zuzusehen, wie sie voller Vorfreude aufs Wochenende ihre Zeit hier verbringen.

Ich verdiene nicht viel, bekomme von meinem Chef den Mindestlohn, aber wenn ich ehrlich bin, unterscheidet sich mein Job von dem meines Chefs nicht all zu sehr, auch wenn er als Manager Millionen verdient.

Dreimal die Woche arbeite ich im Garten von Manfred Willers, so heißt mein Boss, und gestalte den Garten um.

Ich verpflanze Büsche, lege neue Beete an und gestalte Blumenbeete mit immer wechselnden Pflanzen um.

Eigentlich macht mein Chef nichts anderes.

Sein Job ist es, Firmen umzustrukturieren.

Er senkt Personalkosten, indem er die Personaldecke ausdünnt, in Verwaltungen die Arbeit umstrukturiert, damit die übrig gebliebenen Mitarbeiter effektiver arbeiten können.

Gut, manche behaupten, er hinterließe nach getaner Arbeit verbrannte Erde, aber sie sollten mal sehen, wie es bei meinem Chef aussieht, wenn ich erst einmal am Buddeln bin.

Manchmal könnte man glauben, eine Bombe sei im Garten eingeschlagen. Doch am Ende ist von all dem Chaos nichts mehr zu sehen.

Mein Chef und seine Frau sind schon echt in Ordnung.

Sie sind reich, doch dass sie Geld im Überfluss haben, lassen sie nicht raushängen, werfen nicht damit herum.

Natürlich ist das Haus, in dem sie wohnen, spitze.

Sie haben einen Pool und Sauna und eine Regenwalddusche im Bad. Ich muss ihnen neidlos anerkennen, dass sie es in puncto Inneneinrichtung echt drauf haben.

Ich genieße es echt, mich in ihrer Nähe aufzuhalten.

Gut, ich bin keiner von Ihnen, seine Frau hat drei Monate gebraucht, um sich meinen Vornamen zu merken.

Allerdings kann ich mir Namen auch nicht so gut merken, bei Zahlen sieht das da schon ganz anders aus.

Gerade drehen sie ein paar Leute am Nachbartisch um, und als ich ihren Blicken folge, sehe ich meinen Chef, wie er das Restaurant betritt und zwei Kellner wie kleine Schoßhündchen um ihn herumscharwenzeln.

An seiner Seite sehe ich eine ebenso attraktive junge Frau, die sich an seinem Arm festhält, als könne sie ihn jeden Augenblick verlieren.

Stühle werden geschoben, Weinempfehlungen ausgesprochen und dann legt sich endlich der Trubel, der immer entsteht, wenn mein Chef in Erscheinung tritt.

Ist schon eine coole Sache.

Die Frau an seiner Seite ist übrigens nicht seine Ehefrau.

Ich nehme an, sie ist eine der Geliebten meines Chef.

Attraktive Männer in diesen Positionen haben halt eine Geliebte, warum auch nicht?

Obwohl gegen Frau Willers nichts einzuwenden ist.

Sie ist Ende dreißig, eine Klassefrau und nur knapp fünf Jahre jünger als ihr Mann.

Vielleicht ist es wie mit einer alten wunderschönen Rose, von der man sich nicht trennt, obwohl man sich längst an ihr satt gesehen hat. Doch nun ist sie längst zum festen Bestandteil im Garten geworden. Die Frau, mit der mein Boss am Tisch sitzt und gerade anstößt, sieht wie ein Schulmädchen aus.

Naja, wer kann es ihm verdenken.

Mein Boss und seine Ehefrau haben keine Kinder, hätten auch keine Zeit dafür. Auch im Haus, das ziemlich modern eingerichtet ist, könnte ich mir kein buntes Kinderspielzeug oder gar einen Wikkeltisch vorstellen.

Ich denke alles in allem machen sie es richtig. Sie sind meine großen Vorbilder.

Ich glaube, wenn ich mir ihr Leben immer klar vor Augen führe, dann kann ich in ein paar Jahren auch da stehen, wo sie sind.

Gerade kommt der Kellner an meinen Tisch und fragt, ob ich noch etwas bestellen möchte.

Ich winke ab, denn ich habe meine Prinzipien.

Ein Essen und ein Getränk, zu mehr lasse ich mich nicht hinreißen.

Prinzipien sind wichtig. Das sehe ich auch bei meinem Boss.

Er verkehrt nicht in verschiedenen Kreisen.

Er hat seinen Segelclub, den Golfclub. Auf mehr Hochzeiten tanzt er nicht.

Die Zahl seiner Freunde, alle millionenschwere Geschäftsleute, ist klein aber vom feinsten.

Ich denke, so werde ich es später auch halten.

Mit dem Kellner fange ich an.

Ich zeige ihm seine Grenzen, gebe ihm zu verstehen, dass ich mich nicht übers Ohr hauen lasse.

Fünfzehn Euro, mehr werde ich hier nicht ausgeben auch wenn er sich Mühe gibt, mir mehr Geld aus der Tasche zu ziehen.

Ich schaue auf die Uhr, wird langsam Zeit für mich. Morgen muss ich früh raus.

Wenn ich gleich gehe, werde ich einen Bogen um den Tisch meines Chefs machen.

Will ihn nicht aus dem Konzept bringen, wenn er mich hier sieht.

Und doch schaue ich noch einmal zum Tisch hinüber. Er trägt einen Anzug, der bestimmt seine fünftausend Euro gekostet hat.

Dabei fällt mir auf, dass seine Geldbörse fast aus der Gesäßtasche fällt.

Ich an seiner Stelle würde bei dem Preis für den Anzug mal den Schnitt dieser Hosentasche beim Schneider monieren.

Doch plötzlich kommt mir eine Idee.

Mir schießt das Blut ins Gesicht. Erst sträube ich mich dagegen, doch dann denke ich mir, man sollte im Leben die Chancen packen, wenn sie sich einem bieten.

Ganz unbedarft stehe ich auf, steuere auf den Tisch meines Chefs zu. Er kann mich nicht sehen, denn er sitzt mit dem Rücken zu mir.

Als ich an seinem Stuhl bin, bücke ich mich und tue so, als müsse ich mir die Schnürsenkel binden.

Dabei strecke ich kurz den Arm aus und mit einem leichten Ruck ziehe ich die Geldbörse aus der Gesäßtasche.

Mein Chef lacht, buhlt um die Gunst seiner Geliebten und mir wird klar, dass er nichts bemerkt hat.

Mit einem Umweg gelange ich wieder zu meinem Tisch und überlege mir den nächsten Schritt.

Ich sitze so in Gedanken versunken an meinem Tisch.

Muss ewig gewesen sein, denn plötzlich erheben sich mein Boss und seine Geliebte. Er greift nach hinten an seine Gesäßtasche.

Der Kellner, der bereits auf ein üppiges Trinkgeld hofft, hebt entschuldigend die Schultern.

Ein leiser Wortwechsel wird geführt und dann setzt der Kellner ein freundliches Lächeln auf und seine Miene strahlt die Gewissheit aus,

dass sein Gast beim nächsten Mal die ausstehende Rechnung begleicht und noch etwas an Trinkgeld oben drauf legen wird.

Für mich wird es auch Zeit, ich will meinen Chef vor dem Restaurant abfangen, ihm seine Geldbörse überreichen, die ich angeblich gerade gefunden habe.

Es versteht sich von selbst, dass ich nur einen kurzen Blick hineingeworfen habe.

Ein paar große Scheine, Kreditkarten und sogar das Bild seiner Freundin samt Telefonnummer darunter.

Ich stelle mir vor, wie dankbar mein Boss sein wird, wenn ich ihm die Geldbörse, samt kompromittierendem Inhalt überreichen werde.

Vielleicht, denke ich still, wird er mich bei einer seiner nächsten Partys seinen Freunden vom Yachtclub vorstellen. Er wird mich an seine Seite nehmen und ihnen die Geschichte von der wiedergefundenen Geldbörse erzählen.

Sie werden anerkennend nicken, meinen Charakter loben und meinen Namen erfragen.

Vielleicht werden sie mich zu einer ihrer jährlichen Bootstouren einladen.

So in etwa wird es sein, davon bin ich fest überzeugt.

Doch um das zu erreichen, sollte ich mich nun langsam zum Ausgang begeben.

Noch habe ich die Geldbörse in meiner Hosentasche verborgen, doch gleich, wenn ich am Eingang bin, werde ich meinen Chef rufen und ihn bitten, er möge stehenbleiben.

Ich gehe zum Ausgang, habe meinen Chef und seine Freundin fast erreicht, als sich mir der Kellner in den Weg stellt.

Er schaut mich geringschätzig an, als wäre ihm völlig klar, dass ich die Zeche prellen wolle.

Doch noch zögert er, ist sich nicht sicher, ob er mich wiedererkennen sollte, da ich jede Woche einmal hier bin.

Ich merke, wie er sich zwingt, sich zurückzuhalten.

Stumm reicht er mir meine Rechnung.

Er will keine Aufmerksamkeit.

Fast greife ich in die falsche Tasche.

Doch dann besinne ich mich, zahle, gebe ihm viel zu viel Trinkgeld und er lässt mich wortlos gehen.

Als ich vor das Restaurant trete, sehe ich, wie mein Chef die Tür eines Taxis schließt, in das seine Geliebte eingestiegen ist.

Er selbst geht zu seiner Limousine.

Ich erkenne sofort, dass ich ihn nicht mehr erreichen werde.

Also gut, denke ich still, dann werde ich meinem Chef halt zur späten Stunde noch einen Besuch abstatten müssen.

Wie heißt es so schön: *„Man soll das Eisen schmieden, solange es heiß ist."*

*

Gemütlich fahre ich in meinem alten Wagen Richtung Metjendorf, wo mein Chef wohnt.

Eine viertel Stunde später komme ich dort an.

Erst wundere ich mich, dass ich seine Limousine nicht vorm Hause sehe, doch dann beschließe ich, dem nicht all zu viel Beachtung zu schenken.

Ich klingel an der Tür, und kaum ist der Gong verklungen, steht Frau Willers vor mir, grinst mich schief an und fragt:

„Herr Baumann, das ist ja eine Überraschung. Sie wollen bestimmt zu meinem Mann."

Ich nicke und grinse übers ganze Gesicht. Alles wird so kommen, wie ich es mir in meinen Träumen ausgedacht habe, denke ich still.

Doch plötzlich versetzt sie mir einen ersten kleinen Dämpfer.

„Mein Mann ist nicht zu Hause. Er ist vor fünf Minuten wieder weggefahren. Er hat seine Geldbörse bei einem Geschäftsessen verloren und glaubt, dass der Dieb sie vielleicht auf der Toilette oder irgendwo in der Nähe des Restaurants achtlos weggeworfen hat.

Er hatte darin eine wichtige Notiz, hat er mir gesagt."

Unschlüssig stehe ich vor Frau Willers, bin mir sicher, dass ich den Rückzug antreten sollte, als es irgendwo im Haus klingelt.

Frau Willers hebt die Hand.

„Das ist das Telefon, vielleicht ist es ja mein Mann."

Auch sie scheint unsicher, was sie mit mir anfangen soll, doch dann besinnt sie sich ihrer Höflichkeit und bittet mich hinein in den Flur.

„Moment mal eben. Bin gleich wieder da", erklärt sie höflich, obwohl zwischen uns längst alles gesagt ist.

Ich nehme ihre Einladung an, gehe durch den Flur direkt ins Wohnzimmer. Von weitem höre ich sie leise reden.

Kurz darauf erscheint sie im Wohnzimmer.

Ich erschrecke, als sie mich mit kalkweißem Gesicht anschaut, als würde sie mich zum ersten Mal sehen und sich fragen, wer ich sei.

„Es gab einen Unfall auf der Alexanderstraße", flüstert sie leise.

Unruhig beginnt sie im Raum herumzulaufen, unschlüssig, was sie mit der Information und sich selbst anfangen soll.

„Das war die Polizei, sie sagt, mein Mann hatte einen Unfall."

Ich schaue sie betreten an.

„Oh, wie schrecklich. Wie geht es Ihrem Mann?" frage ich.

Sie hebt die Schultern.

„Keine Ahnung, sie sagen, er liegt auf der Intensivstation."

Frau Willers beachtet mich nicht, sie greift erneut zum Telefon und verlässt das Zimmer.

An dem, was sie sagt, erkenne ich, dass sie wohl mit ihrer Mutter telefoniert.

Ich habe hier nichts mehr zu suchen.

Ich ziehe schuldbewusst die Geldbörse aus meiner Hosentasche. Mir wird klar, wenn ich nicht die Geldbörse meines Chefs entwendet hätte, dann wäre er nicht noch einmal... dann hätte es diesen Unfall nicht gegeben... er würde jetzt nicht im Krankenhaus liegen...und mein Traum

Ich gehe zum Sofa und verstecke die Geldbörse hinter einem der Kissen. Mir ist egal, wie sie sich später fragen wird, wie sie dort hingekommen ist. Ich stelle das Kissen zurück an seinen Platz.

Als ich den Raum verlasse, hörte ich die Frau meines Chefs noch immer am Telefon reden. Ich weiß, dass sie mich längst vergessen hat. Vorsichtig ziehe ich die Haustür hinter mir ins Schloss.

Als ich zu meinem Auto zurückgehe, muss ich mir eingestehen, dass mein Traum gerade in tausend Scherben zersprungen ist.

UNTER VERDACHT

Kenne Sie das auch..? Tagelang grübelt man über die Lösung eines Problems nach, wälzt sich schlaflos im Bett, um am nächsten Morgen unausgeschlafen und ohne Ergebnis, den neuen Tag zu beginnen. Die Lösung meines Problems ergab sich in einem Moment, in dem das Chaos ausbrach und ich am wenigsten damit gerechnet hätte...

*

Ich stand an einem Montag morgen in der Küche, und während ich mir zwei Spiegeleier in der Pfanne briet, schaute ich gedankenversunken aus dem Fenster. Die ersten nassen Schneeflocken legten sich auf die Äste der Bäume am Rande des Eversten Holz. Der Park war nur wenige Meter von meinem Haus entfernt und wurde nur durch die Wienstraße unterbrochen, auf der an diesem Morgen nur mäßiger Verkehr war.

Ich dachte an nichts Besonderes, nur so vor mich hin. Mein Arbeitstag in meiner Makleragentur würde ruhig werden. Der November war kein typischer Umzugs- oder Häuserkauf- Monat.

Mein neuer Kollege Torsten war sicher schon im Büro und erledigte den mageren Papierkram für mich. Er strengte sich mächtig an, bei mir einen guten Eindruck von sich zu hinterlassen. Er war knapp zwanzig Jahre alt, und als ich vor fünfzehn Jahren in seinem Alter war, hatte ich nichts anderes wie er im Sinn. Ich wollte schnell Karriere machen und das große Geld verdienen. Das große Geld, ging es mir durch den Kopf und ich musste grinsen.

Das große Geld verdiene nicht ich, sondern meine Frau, die als Modedesignerin seit Jahren durch die Welt jettet. Paris, London, New York stehen auf ihrem Reiseplan. Ihre Aufenthalte in Oldenburg wurden um so kürzer, desto größer die Entfernungen zwischen ihr und mir wurden.

So grübelte ich vor mich hin, als ich plötzlich einen Hustenanfall bekam.

Zu meinem Entsetzen sah ich, dass ich die Spiegeleier in der Pfanne vergessen hatte. Ich riss die Pfanne vom Herd, warf die kleinen schwarzen Klumpen in den Mülleimer und riss das Fenster auf.

Der Rauch hatte sich so mächtig ausgebreitet, dass ich es in der Küche nicht mehr aushielt und hinters Haus in den Garten ging, um frische Luft zu schnappen.

Keine fünf Minuten später hörte ich einen Signalton und erst Sekunden später wurde mir klar, dass die Feuerwehr, die ich nicht gerufen hatte, vor meinem Haus angerückt war.

Verwundert ging ich zur Haustür und öffnete sie.

Es dauerte ganze zehn Minuten, bis ich den Einsatzleiter davon überzeugen konnte, dass es in meiner Wohnung trotz der großen Rauchentwicklung nicht brannte.

Zum meinem Entsetzen erschien auch noch ein Streifenwagen, als die Feuerwehr bereits ihren Rückzug antrat.

Aus dem Streifenwagen stieg ein mir bekannter, älterer Mann.

„Kommissar Clemens, was für eine Überraschung und welch Ärger, dass Sie sich ganz umsonst hierher bemüht haben."

Wir schüttelten uns freundlich die Hand.

Ich kannte den Kommissar, weil ich ihm vor ein paar Jahren ein kleines Häuschen für sich und seine Frau vermittelt hatte.

„Was ist denn hier los?", fragte er überrascht und schaute auf das Küchenfenster, aus dem noch immer leichter Qualm drang.

„Ein kleines Missgeschick in der Küche", erklärte ich ihm.

Der Kommissar nickte.

„Dann gehe ich davon aus, dass Sie nicht die Feuerwehr und die Polizei wegen eines Großbrandes alarmiert haben?"

Ich wollte gerade verneinen, als sich eine ältere Frau zu uns gesellte und mit entschiedenem Tonfall erklärte:

„Nein, das war ich. Ich dachte, bei Herrn Reichert würde es brennen. Wusste ja nicht, dass er zu Hause ist. Stellen Sie sich mal vor, die Flammen hätten auf mein Haus übergegriffen...."

„Und Sie sind Frau Bollmann, nicht wahr?", fragte der Kommissar freundlich und drehte sich zu einer älteren Frau um, die ich um die siebzig Jahre schätzte.

„Mein Name ist Erna Bollmann", sagte sie und wischte sich entschuldigend die Hände an ihrer Küchenschürze ab.

Während sie dem Kommissar die Hand zur Begrüßung schüttelte, schaute sie mich argwöhnisch an.

„Sie scheinen Ihren Haushalt ja nicht im Griff zu haben, was? Naja, wo Ihre Frau ständig weg ist..."

Frau Bollmann schien bestens über mein Privatleben unterrichtet zu sein.

Ich machte gute Miene zum bösen Spiel und erklärte:

„Nicht jeder kann von sich behauptet, aufmerksame Nachbarn zu haben. Ich danke Ihnen Frau Bollmann. Immerhin hätte es ja wirklich etwas Ernstes sein können."

Sie schien verwirrt, hatte nicht mit so viel Freundlichkeit gerechnet.

Kommissar Clemens nickte nur und konnte sich ein verschmitztes Grinsen nicht verkneifen.

Ich schaute zur Haustür.

„Herr Kommissar, Lust auf einen Kaffee, wenn Sie schon den ganzen Weg umsonst machen mussten?"

Der Kommissar zögerte und ich erklärte ihm unverblümt:

„Keine Angst, den Kaffee macht eine Maschine, die ist extra für so etwas konstruiert worden."

Kommissar Clemens nahm mein Angebot gern an und Frau Bollmann schien enttäuscht, dass meine Einladung nicht für sie galt. Doch im letzten Augenblick besann ich mich und lud sie ebenfalls ein.

*

Eine halbe Stunde später verließen Kommissar Clemens und Frau Bollmann mein Haus.

Wir hatten geplaudert, ich hatte ihnen Kaffee und Gebäck angeboten und ihnen nebenbei erzählt, dass meine Frau nicht oft zu Hause sei und ich mir langsam mal ein Kochbuch kaufen müsse. Ich spielte den einsamen Ehemann und man schien es mir abzunehmen.

Kurz vor Ende des Treffens, ließ ich durchblicken, dass ich in der nächsten Woche für ein paar Tage geschäftlich verreisen würde, und es sehr schade fand, denn meine Frau würde in der nächsten Woche von einer ihrer Modeschauen aus Budapest wiederkommen.

All das erklärte ich und ich glaubte, dass beide den ersten Köder, den ich ihnen hingeworfen hatte, geschluckt hatten.

*

In der nächsten Woche kam meine Frau tatsächlich aus Budapest zurück. Überschwänglich erzählte sie mir von ihren Erlebnissen aus der Modewelt, die mich schon lange nicht mehr interessierten, denn es ging im eigentlichen Sinne nur um sie. Sie sonnte sich wie immer im Glanz ihres eigenen Heiligenscheins.

Jeden Tag fuhr sie in ihr kleines Modeatelier in die Innenstadt, nicht weit vom Marktplatz an der Lambertikirche.

Nach dem ersten Abend erklärte ich ihr beim Frühstück, dass ich einen Großauftrag bekommen hatte und wohl Tag und Nacht im Büro sein würde.

Sie nickte nur und verschwand, um ihre neue Herbstkollektion für 2016 vorzubereiten.

Nach zwei weiteren Tagen war es Zeit, den zweiten Schritt meines Plans einzuleiten.

Fast jeden Abend rief ich meinen jungen Kollegen zu mir ins Büro und bat ihn, mir wichtige Unterlagen von zu Hause aus meinem Büro zu holen. Nach anfänglichem Zögern sah er es als eine Ehre an, von mir den Haustürschlüssel zu bekommen. Er setzte sich also drei Mal in dieser Woche in seinen schwarzen VW- Käfer und fuhr zu mir nach Hause. Mir war egal, ob er auf meine Frau traf, wichtiger war, dass meine Nachbarin Frau Bollenbach den fremden Wagen entdeckte und sah, wie ein junger Mann mit einem Schlüssel im Haus verschwand.

*

Am darauffolgenden Sonntag klingelte es an meiner Tür. Ich hatte damit gerechnet, mich aber gewundert, dass Kommissar Clemens nicht schon am Vorabend bei mir vorstellig geworden war. Betreten nahm er die Mütze ab, grinste verlegen und erklärte:

„Es tut mir leid, Herr Reichert, aber ich muss mal mit Ihnen unter vier Augen reden!"

Ich nickte, bot ihm einen Kaffee an, den er ablehnte, und führte ihn ins Wohnzimmer. Er setzte sich in einen Sessel und schien zu überlegen, wie er sein Anliegen am besten vortragen konnte.

Plötzlich begann er mir Folgendes zu erklären:

„Gestern Abend bekamen wir einen Anruf von Frau Bollmann, Ihrer Nachbarin. Ich muss dazu sagen, sie ist im Revier keine Unbekannte. Nicht nur der angebliche Großbrand in Ihrem Haus hat sie uns in den Wochen gemeldet, nein, sie scheint hinter allem etwas Verdächtiges zu vermuten. Meist glaubt sie an ein Verbrechen."

Der Kommissar räusperte sich und fragte: „Könnte ich vielleicht doch ein Glas Wasser bekommen?" Ich ging in die Küche, und als ich kurz darauf mit einem Glas und einer Flasche Mineralwasser zurückkam, setzte er seine Erzählung fort. „Sie rief an und meldete einen Mord! Sie behauptete, dass Sie Ihre Frau umgebracht hätten. Sie konnte uns sogar sagen, aus welchem Grund. Sie behauptete, es vorausgesehen zu haben. Fast wörtlich sagte sie: *Da heiratet diese Ulla Weber einen fünfzehn Jahre älteren Mann und gibt ihm die Leitung über die Maklerfirma ihres verstorbenen Vaters.*

Er bringt das marode Unternehmen in wenigen Jahren wieder auf Erfolgskurs. Und anstatt dass sie mit ihrem Leben zufrieden ist, angelt sie sich einen jungen Geliebten. Ja, einen Geliebten, der, wenn ich

mich nicht verschätze, gerade mal knapp über zwanzig Jahre ist. Ich habe ihn mit seinem schwarzen VW- Käfer vor dem Haus aussteigen sehen. Kann mir denken, dass sie sich nun von Herrn Reichert scheiden lassen will. Ist doch klar, dass er durchdreht und sie erschlägt.

Kommissar Clemens machte ein kurze Pause, dann fuhr er fort:

„Ich fragte Frau Bollmann, ob sie Beweise für ihre Behauptung habe, und sie erklärte, sie habe es vom Eversten Holz aus mit einem

Feldstecher beobachtet." Kommissar Clemens lachte glucksend und schaute mich kopfschüttelnd an.

„Sie hat tatsächlich im Park gestanden und die Fenster Ihrer Hauses beobachtet. Sie behauptete, sie habe hinter einem hell erleuchteten Fenster die Schatten von Ihnen und Ihrer Frau gesehen. Sie sagte, sie schienen sich zu streiten und plötzlich nahmen Sie einen Gegenstand in die Hand, hoben ihn in die Luft und ließen ihn auf den Kopf ihrer Frau niedersausen. Dann wurde Ihre Nachbarin allerdings abgelenkt, von einem Knacken im Unterholz. Sie bekam es mit der Angst zu tun, verließ den Park und rief uns an."

Ich spürte, wie mich Kommissar Clemens musterte und war mir nicht sicher, ob er meiner Nachbarin Glauben schenkte.

„Ich will Ihnen nicht verschweigen, dass wir zu Ihrem Haus gefahren sind, auch wenn ich Ihnen versichere, dass ich kein Wort von Frau Bollmann glaubte. Sie hat uns zu oft schon in die Irre geführt."

„Ja, verstehe. Ist ja Ihr Job, diesem Hinweis nachzugehen", sagte ich.

„Als wir bei Ihnen ankamen, sahen wir Frau Bollmann hinter einem ihrer Fenster stehen und zu uns hinausschauen. Mein Assistent und ich gingen zu Ihrem Haus.

Mein Assistent schlich um Ihr Haus und sah Sie mit Ihrer Frau im Schein des Kaminfeuers tanzen.

Als er mir berichtete, was er gesehen hatte, nahm ich davon Abstand, bei Ihnen zu klingeln. Und heute bin ich zu Ihnen gekommen, um Ihnen davon zu berichten."

Der Kommissar schaute sich im Zimmer um.

„Wo ist Ihre Frau?"

„Oh, sie ist heute ganz früh in ihr Atelier in die Innenstadt, bevor sie zum Bremer Flughafen weiter wollte. Sie ist wieder auf dem Weg zu einer ihrer Modeevents."

Der Kommissar nickte.

„Kennen Sie jemanden, der einen schwarzen VW- Käfer fährt?"

Ich verzog den Mund. Sollte der Kommissar sich doch selbst auf die Suche machen. Ich würde ihm nicht helfen. In der Rolle des gehörnten Ehemann verbot es sich, etwas zu wissen.

„Nein, nicht dass ich wüsste. Warum fragen Sie das?"

„Nur so", antwortete er gleichgültig.

Mit einem Mal erhob er sich.

„Ich habe schon genug von Ihrer Zeit in Anspruch genommen. Ich will mich nun verabschieden und hoffe, dass Ihre Nachbarin Sie nicht weiter mit ihren Unterstellungen behelligen wird."

„Das hoffe ich auch, und wenn es zu heftig wird, melde ich mich bei Ihnen", versprach ich.

Ich brachte Kommissar Clemens zur Tür, wo wir uns verabschiedeten.

Er schaute noch kurz zum Haus meiner Nachbarin.

„Heute werden Sie Ruhe vor ihr haben. Sie ist bei ihrer Schwester in Bremen Nord. Die liegt mit Grippe im Bett, und was gibt es Schöneres, als eine ans Bett gefesselte Schwester, der man ohne Fluchtmöglichkeit alles erzählen kann..", grinste er, hob zum Abschied die Hand und ging zu seinem Wagen.

Als er gegangen war, holte ich die Modepuppe, die meine Frau zu Anprobezwecken immer im Haus hatte, aus der Abstellkammer und stellte sie wieder ins Schlafzimmer an ihren angestammten Platz.

Dann bückte ich mich und zog die Leiche meiner Frau unter unserem Ehebett hervor.

„Tja, Liebling", sagt ich zu meiner leblosen Frau," wir machen jetzt mal eine kleine Spazierfahrt." Sie lag zu meinen Füßen und ich fühlte mich irgendwie befreit, befreit von Ihr und ihrem ganzen Modequatsch.

Ich gebe zu, es klang ein bisschen höhnisch, als ich mich erneut ihrem toten Körper zuwandte und ihr erklärte, auch wenn sie mich nicht mehr hören konnte:

„Für die Leute wirst du die windige Ehefrau sein, die ganz plötzlich mit ihrem Geliebten durchgebrannt ist und für mich die Last, die ich in der Tonkuhle entsorgen werde..!"

DUMM GELAUFEN

Mein Name ist Imke Isenbach, ich bin zweiundsechzig Jahre alt und arbeite seit dreißig Jahren in der Anwaltskanzlei Weinreich & Sohn in der Bloherfelder Straße in Oldenburg.

Ich habe heute meinen letzten Arbeitstag. Ich weiß, was sie jetzt denken, aber da täuschen sie sich.

Ich gehöre nicht zu den Frauen, die nach einem arbeitsreichen Leben, plötzlich zu Hause sitzen, in ein tiefes Loch fallen, weil sie keine Hobbys haben und nichts mit sich anzufangen wissen.

Ich habe diesen Tag seit Langem geplant, seit Monaten, nein, Jahren, lebe ich auf diesen Tag hin. Vielleicht wissen sie ja, wie befreiend es ist, zu wissen, dass man in wenigen Stunden sein altes Leben hinter sich lässt.

Es ist halb sechs Uhr, ein letztes Mal gehe ich durch die Räume meiner kleinen Zweizimmer- Wohnung im Prinzessinweg.

Die Möbel habe ich letzte Woche dem Roten Kreuz gespendet und die wenigen Kisten mit meinen Habseligkeiten, will mein Nachbar heute Nachmittag in seinem Keller einlagern.

Er weiß nicht, dass ich den ganzen Kram niemals bei ihm abholen werde.

Sie glauben nicht, wie schnell man sich, ohne sentimental zu werden, von seinen Sachen trennen kann.

*

Plötzlich klingelt das Telefon. Wer kann das sein?, frage ich mich still.

Als ich den Hörer abnehme, höre ich die Stimme meines Chefs.

„Tut mir leid, wenn ich Sie an Ihrem letzten Arbeitstag zu früh behelligen muss. Aber es ist dringend. Ich wollte Sie fragen, ob sie vor der Arbeit noch schnell bei mir vorbeikommen könnten!"

„Um was geht es denn?", frage ich, nehme aber nicht an, dass er mich fragen will, ob ich noch so lange bleiben kann, bis sich meine Nachfolgerin, ordentlich eingearbeitet hat.

„Das möchte ich nicht am Telefon besprechen", höre ich ihn sagen.

„Können Sie in einer halben Stunde bei mir sein?"

„Natürlich, ich mache mich gleich auf den Weg", antworte ich und ärgere mich über mich selbst.

Noch nie habe ich meinem Chef eine Bitte abgeschlagen, denke ich still und höre die Stimme meines Chefs:

„Imke, ich hätte jetzt Lust auf eine Tasse Kaffee. Imke, ich weiß, Sie haben eigentlich jetzt Feierabend, aber könnten Sie bitte diesen Brief an unseren Mandanten noch abschreiben?"

Ich schließe das Küchenfenster, und sperre den Lärm der Autos aus der Wohnung aus, der ununterbrochen von der A28, die nur wenige Meter an meiner Wohnung entlangführt, zu mir herüber dröhnt.

Mit einer Reisetasche verlasse ich die Wohnung, gehe zu meinem Auto und mache mich auf den Weg zu meinem Chef.

Im Sommerweg parke ich meinen Wagen auf der gegenüberliegenden Straßenseite, an der mein Chef sein Häuschen hat.

Ich sehe meinen Chef, der ungeduldig an der Haustür steht.

Es gab sogar eine Zeit, geht es mir plötzlich durch den Kopf, da habe ich für ihn geschwärmt, heimlich, natürlich.

Doch nachdem er mir dreimal eine Gehaltserhöhung ablehnte, schwanden meine romantischen Gefühle für ihn.

*

„Schön, dass Sie so schnell kommen konnten!" Weinreich streckt mir die Hand zur Begrüßung entgegen und schaut gelassen auf die Uhr.

„Wir haben ja noch eine knappe Stunde bis Arbeitsbeginn!"

Ich nicke stumm und folge ihm ins Wohnzimmer.

Er bietet mir wie immer den unbequemen Stuhl vor seinem Schreibtisch an und zwängt seinen kleinen dicken Körper in einen Ledersessel.

Hinter mir steht das Bücherregal mit Büchern, von denen er nicht einmal ein viertel gelesen hat.

Vielleicht wartet er ja damit, bis er eines Tages seine Kanzlei an einen Partner verkauft hat, und er, von Rheuma geplagt, sich die Bücher von einer Krankenschwester vorlesen lässt.

Bei dem Geld, was er in all den Jahren angesammelt hat, könnte er sich sogar das Seniorenheim am Küstenkanal kaufen und direkt davor eine Anlegestelle für Yachten bauen lassen, damit ihn seine Freunde bequem besuchen könnten.

*

Weinreichs sonore Stimme reißt mich aus meinen Gedanken.

„Frau Isenbach, die Angelegenheit ist mir unangenehm, aber da Sie heute unsere Kanzlei verlassen, duldet die Sache keinen Aufschub."

Ich nicke pflichtbewusst, obwohl ich keinen blassen Schimmer habe, worauf er hinaus will. Warum sind Anwälte immer so kompliziert und kommen nie sofort auf den Punkt, denke ich still und das nicht zum ersten Mal.

„Seit geraumer Zeit fehlt in unserer Kanzlei Geld. Verstehen Sie mich nicht falsch, wir sind nicht pleite, weil wir keine Mandanten mehr haben. Ganz im Gegenteil. Aber leider scheint es so, als habe jemand in unserer Kanzlei Mandantengelder hinterzogen. Ich nehme an, dass dieses Geld auf einem ausländischen Konto deponiert wurde. Vielleicht in Luxemburg, ich bin mir nicht sicher."

Mein Chef holt tief Luft, bevor er fortfährt:

„Ich bin kurz davor, die verantwortliche Person zu entlarven. Noch ein paar Anrufe und dann werde ich die Angelegenheit öffentlich machen. So wie mir scheint, geht es um einen Schaden von 360.000 □ für unsere Kanzlei."

Mein Chef starrt in die Unterlagen vor sich, dann schaut er mich mit großen Augen an und ich frage mich, was er von mir erwartet.

Soll ich ihm etwa sagen, dass der tatsächliche Schaden 420.000€ beträgt und das Geld auf einem Konto auf den Seychellen liegt?

Er glaubt doch nicht ernsthaft, dass ich ihm an diesem Tag gestehe, dass ich ihn seit Jahren hintergehe, oder?

Darauf kann er nämlich lange warten. Mich würde nur interessieren, wie er dahinter gekommen ist.

Ich dachte, die Transaktionen, meist kleinere Beträge, verteilt auf dreißig Jahre, würden niemandem auffallen...

Weinreich steht plötzlich auf.

„Ich komme mit Ihnen in die Kanzlei, dort habe ich noch ein paar Unterlagen in meinem Büro, die beweisen..."

An dieser Stelle muss ich ihn leider unterbrechen. Nein, ich bin ihm nicht einfach über den Mund gefahren. Ich unterbreche sein Vorhaben, mich womöglich des Diebstahls überführen zu können, indem ich ihm einen schweren Kristallaschenbecher auf den Hinterkopf schlage.

Als er leblos auf den Teppich vorm Schreibtisch sinkt, wundere ich mich, welche Kraft in mir steckt, und wische meine Fingerabdrücke vom Mordwerkzeug.

Als ich auf die alte Standuhr in einer der Ecken schaue, stelle ich erschrocken fest, dass es kurz vor sieben Uhr ist. Ich muss mich beeilen, denn für gewöhnlich treffen gegen halb acht Uhr die ersten

Kollegen in der Kanzlei ein und da sollte ich Weinreichs Büro längst wieder verlassen haben. Ich habe vor, die Unterlagen aus seinem Büro an mich zu nehmen und sie auf dem Weg zum Bahnhof irgendwo verschwinden zu lassen.

*

Das mit meinem Chef tut mir leid, aber ich kann doch jetzt, so kurz vorm Ziel, nicht alles sausen lassen. Es war nicht einfach, in all den Jahren das Geld unbemerkt beiseite zu schaffen.

Seit Jahren träume ich von einem kleinen Häuschen in Antalya.

Immer dann, wenn ich ungezählte Überstunden machte, sah ich mich auf der Veranda meines Häuschens sitzen und auf das strahlend blaue Mittelmeer blicken.

Leise verlasse ich das Haus meines Chefs und mache mich mit dem Wagen auf den Weg zur Kanzlei. Der Verkehr ist noch mäßig, nur ein paar Autos und ein Bus der Linie 309 kommt mir entgegen. Als ich auf dem Kanzleiparkplatz parke, bin ich ganz ruhig und voller Zuversicht. Ich werde mir von nichts und niemanden meinen Plan zunichte machen lassen. Hubert, der Pförtner, sitzt heute morgen zu meinem Erstaunen nicht hinter seiner Glasscheibe. Vielleicht auch besser so, denke ich still und stürme die Treppe in die erste Etage hoch. Vor der Bürotür meines Chefs holte ich tief Luft, dann drücke ich leise die Klinke nach unten und öffne die Tür. Doch kaum habe ich den ersten Schritt ins Büro gesetzt, erklingt ein Lied. „Alles Gute und viel Glück, alles Gute und viel Glück, alles Gute, liebe Imke, alles Gute und viel Glück!"

Vor mir stehen meine Kollegen und auch einige unserer jahrelangen Mandanten. Sie sind umgeben von Girlanden und bunten Luftballons. Hubert reicht mir ein Glas Sekt und Uschi, meine Nachfolgerin, löst sich unvermittelt aus der Menge und kommt auf mich zu. „Du hast doch wohl nicht geglaubt, dass wir Dich so still und heimlich gehen lassen!", lacht sie und macht plötzlich ein nachdenkliches Gesicht.

„Ich hoffe, Du hast den Scherz unseres Chefs mit dem angeblich unterschlagenen Geldes nicht ernst genommen, aber wir mussten noch so viel vorbereiten und dich davon abhalten, dass Du an Deinem letzten Arbeitstag zu früh in die Firma kommst."

Erwin stupst mich kumpelhaft von der Seite an und schaut über meine Schulter in den Flur.

„Sag mal Imke, wo ist denn Weinreich? Er wollte doch mit Dir zusammen in die Kanzlei kommen...!"

MOPPELCHEN

Seit über einer Stunde putzte Uschi ihre Zweizimmerwohnung in der Starklofstraße von oben bis unten.

„Und das an einem Sonntag!", schimpfte sie so laut, dass es auch ihr Mann mitbekam, der sich vor einer viertel Stunde aus dem Staub gemacht hatte und nun mit einem neuen Comic- Heft auf dem Klo ausharrte, in der Hoffnung, dass bald wieder Ruhe im trauten Heim einkehren würde.

Uschi war schlecht gelaunt, das war sie immer, wenn sie auf nüchternen Magen arbeitete.

Doch wenn sie das Frühstück heute Morgen nicht hätte ausfallen lassen, hätte sie mit ihrem Arbeitspensum noch weiter zurückgelegen, als es eh schon der Fall war.

Für neun Uhr hatte sich eine gewisse Frau Sauer zum Besuch angemeldet.

Was musste das für eine Person sein, der nicht einmal der Sonntag heilig war, dachte Uschi bei sich.

Diesen ganzen Stress hatte sie allerdings ihrem Mann zu verdanken.

Heinz hätte sich überhaupt nicht darauf einlassen sollen, als Frau Sauer ihm bei ihren täglichen Besuchen an seinem Krankenbett vorgeschlagen hatte, ihm nach der Entlassung ein Beratungsgespräch zu verpassen, um sich mal in aller Ruhe über seine zukünftige Ernährung zu unterhalten.

Wenn Uschi nur an den Besuch dachte, wurde ihr ganz flau im Magen.

Eine fremde Frau, die sich klugscheißerisch in das Leben ihres Mannes einzumischen versuchte. Aber da hatte sie auch noch ein Wörtchen mitzureden.

Uschi holte tief Luft.

Sie schlug mit der flachen Hand einen Knick in die Sofakissen. Dann kämmte sie die Fransen des Teppichs mit einem Kamm und begab sich gehetzt in die Küche. Sie musste noch schnell das Fenster putzen, bevor die Sonne hinter dem Nachbarwohnblock hervorkam.

Wenn es sich Uschi in einem selbstkritischen Moment, wie in diesem, in dem sie die Glasscheibe mit Putzmittel aus der Sprühdose beschoss, recht überlegte, so trug sie selbst die Hauptschuld an dem versauten Sonntagvormittag.

Hätte sie Heinz vor zwei Wochen nicht aus seinem Fernsehsessel gelockt, ihn von seiner gerade geöffneten Chipstüte fortgerissen und ihn dazu aufgefordert, kurz mal auf die Leiter zu steigen, um für sie den Vorhang vom Wohnzimmerfenster abzuknöpfen, dann würde sie noch immer mit Heinz beim Frühstück sitzen und den Tag langsam angehen können.

Doch wie konnte sie denn ahnen, dass die Leiter schon so alt und nicht mehr in der Lage war, Heinz` Körpergewicht von 98 Kilo zu tragen?

Zu spät hatte sie ihren Fehler bemerkt und konnte seinen Fall in Richtung Teppich nur noch mit einem lauten Aufschrei begleiten.

Nicht nur sein rechter Knöchel war verstaucht, im Flug hatte er auch den kleinen Beistelltisch mit der Vase aus Meißner Porzellan umgerissen, die am Ende unter seinem linken Knie zerbrach.

Die Schnittwunde war lang und das Blut, das in kleinen Tropfen auf die weiße Gardine spritzte, hatte in etwa den gleichen Farbton, wie die Jacke des Rettungssanitäters, der kurz darauf eintraf.

Uschi zerknüllte Zeitungspapier und begann die Putzstreifen auf der Fensterscheibe zu malträtieren.

Entschlossen versuchte sie die Erinnerungen an den Unfall zu verdrängen.

Sie war kaum fertig, hatte gerade die Putzmittel im Besenschrank verstaut, als sie die Toilettenspülung aus dem WC hörte.

„Vergiss nicht, das Fenster zu öffnen, und sprühe mal kurz etwas Raumspray in die Luft!", rief sie ihm zu, als es plötzlich an der Wohnungstür klingelte.

*

„Moin, mein Name ist Beate Sauer. Bin ich zu früh?"
Uschi schaute die Frau von oben bis unten an.

Sie brauchte einen Moment, bis sie sich gefasst hatte. So eine schmale große Frau hatte sie lange nicht mehr zu Gesicht bekommen.

Das letzte Mal, als sie solch eine Gestalt gesehen hatte, war, so glaubte sich Uschi zu erinnern, als sie vor ein paar Wochen ZDF- History gesehen hatte. An den Titel des Beitrags konnte sie sich allerdings nicht mehr erinnern.

„Ganz und gar nicht. Kommen Sie rein!"

Uschi ließ Frau Sauer eintreten.

„Gehen Sie ruhig ins Wohnzimmer durch."

Als Heinz ihren Gast sah, stand er vom Sofa auf und kam ihm entgegen.

„Hallo Heinz, schön Dich so gesund und munter wieder zu sehen!"

„Ja, freut mich auch", murmelte er leicht verlegen, ohne den Blick von Uschi abzuwenden.

Uschi bot Frau Sauer den Platz in einem der beiden Sessel an.

Sie selbst blieb stehen und fragte:

„Möchten Sie einen schwarzen Tee, einen Kaffee oder vielleicht einen Eistee?"

Frau Sauer dachte einen Moment über das Angebot nach und fragte zögerlich:

„Haben Sie auch Kräutertee?"

„Oh, da muss ich mal nachsehen!", erklärte Uschi und holte tief Luft. Sie verschwand in der Küche, klapperte mit den Schranktüren und rief in die Stube:

„Kamillentee, gegen Erkältung hätte ich!"

„Ja, gern!", rief Frau Sauer zurück, doch Uschi stand längst wieder im Wohnzimmer.

„Sind Sie erkältet?"

„Nein, nein, mir geht es gut."

Uschi nickte stumm und ging zurück in die Küche, wo sie Wasser in einen Kessel füllte. Für sich und Heinz bereitete sie Milch für einen heißen Kakao mit frisch geschlagener Sahne zu.

Sie fand, es war der passende Kalorienausgleich für das ausgefallene Frühstück.

Als Uschi wenig später mit einem voll beladenen Tablett in die Stube kam und jedem sein Getränk vor die Nase stellte, hörte sie Frau Sauer fragen:

„Heinz, wie geht es denn Deiner Schnittwunde? Ist sie endlich verheilt? Dein behandelnder Arzt sagte mir, dass die Wunde bei Deinem schlechten Blut nicht so gut verheilen würde."

„Das stimmt. Aber vor ein paar Tagen hat sich endlich Schorf auf die Wunde gelegt."

„Schön", lächelte Frau Sauer, „das freut mich."

Uschi verdrehte die Augen. Fehlte noch, dass Frau Sauer ihrem Heinz die Hand aufs Knie legt und ihm vor Freude einen Kuss auf die Wange drückt, dachte sie still bei sich. Doch dann ging ihr plötzlich ein anderer Gedanke durch den Kopf.

„Sie sagten, mein Mann habe schlechtes Blut? Das kann nicht sein. Unser einziger Sohn hat uns vier Enkelkinder geschenkt. Drei Mädchen und einen Jungen. Da kann man doch weiß Gott nicht von schlechtem Blut in der Familie reden."

Uschi holte tief Luft, dann fuhr sie fort.

„Wir können von Glück sagen, dass wir nur eine kleine Wohnung haben, sonst würde unser Sohn seine Kinder garantiert jedes Wochenende bei uns abladen."

„Dass die Blutwerte Ihres Mann so schlecht sind, kann an falscher

Ernährung liegen. An zu viel Fett, zum Beispiel", erklärte Frau Sauer ungerührt.

„Möchten Sie Zucker in den Tee?", versuchte Uschi das Thema zu wechseln.

Sie fühlte sich noch zu schwach für eine offene Konfrontation mit ihrem Gast.

„Vielleicht etwas Milch? Ist garantiert BIO!", versuchte sie Frau Sauer entgegen zu kommen.

„Nein, keine Milch."

Uschi war mit ihrem Latein am Ende. Aber vielleicht lag es ja nicht an ihr, sondern an Frau Sauer, die vielleicht zu den Menschen gehörte, die nie so recht wussten, was sie eigentlich wollten?

Doch schon die nächste Bemerkung der Frau, zeigte ein anderes Bild von ihr.

„Wie Sie ja wissen, habe ich Ihren Mann im Krankenhaus kennen gelernt", wandte sie sich nun direkt an Uschi.

„Auf Grund seines Blutbildes und des erhöhten Pulses, haben der behandelnde Arzt und ich uns Gedanken darüber gemacht, wie wir dem entgegenwirken können."

Auch wenn Uschi sich das mit den Blutwerten nicht erklären konnte, das mit dem erhöhten Puls war ihr klar. Allein wenn sie nur an Heinz' Sturz dachte, begann ihr Herz zu rasen und sie konnte sich gut ausmalen, wie es Heinz ging.

Ein Wunder, dass er nach all der Aufregung keinen Herzinfarkt bekommen hatte.

„Ich bin Ökotrophologin und befasse mich mit..."

„Mit Vögeln aller Art", fiel Uschi ihr ins Wort.

„Nein, das sind Ornithologen", verbesserte Frau Sauer sie.

Uschi verzog den Mund.

„Ach so. Hätte mich auch gewundert, was Vogelkundler in einem Krankenhaus zu suchen haben. Es sei denn, sie behandeln dort auch Federvieh", scherzte Uschi, doch ihr Humor erreichte Frau Sauer nicht.

„Ich befasse mich mit Ernährungskunde und in diesem Zusammenhang möchte ich Ihnen ein paar Fragen stellen."

Ohne lange zu zögern, griff Frau Sauer in ihre Umhängetasche und holte einen Fragebogen und einen Stift hervor.

„Na, dann mal los!", spornte Uschi sie an.

Ihr Entgegenkommen hatte nur ein Ziel. Sie wollte die Frau so schnell wie möglich aus der Wohnung haben. Sie spürte, wie ihr Magen zu knurren begann. Außerdem befürchtete sie, dass Frau Sauer ihnen mit Methoden wie Schlank im Schlaf oder Trennkost einen Floh ins Ohr setzen würde.

Uschi liebte jedes Gramm an ihrem Heinz und sie wollte um nichts in der Welt drauf verzichten.

Noch teilte Heinz ihre Meinung, aber man konnte ja nie wissen.

Trotz allem sah sich Uschi auf der Siegerstraße. Auch wenn der Fragebogen zu keinem Quiz gehörte, bei dem man etwas gewinnen konnte, am Ende würde sie gewinnen und Frau Sauer würde eingestehen müssen, dass sie hier nur ihre Zeit verschwendet hatte.

*

„Was isst Du für gewöhnlich zum Frühstück?", wandte sich Frau Sauer an Heinz.

„Sonntags Rühreier mit Speck, Marmeladenbrötchen und Kaffee."

Uschi bemerkte, wie ihm die Worte nur mühevoll über die Lippen kamen. Sie ahnte, wie er sich nach all den Köstlichkeiten sehnte, auf die er heute verzichten musste.

Heinz zeigte auf den Becher Kakao, den er fast ausgetrunken hatte.

„Heute ist das Frühstück ausgefallen, das ist nur der klägliche Ersatz. Wegen Deines Besuchs hatte meine Frau heute Morgen keine Zeit."

Gut gemacht, grinste Uschi still in sich hinein. Sollte Frau Sauer nur hören, was sie angerichtet hatte. Uschi fühlte, wie ihr ein wohliger Schauer über den Rücken lief. Wie schön es doch war, zu wissen, dass sie in der Not ein unschlagbares Team waren.

„An Wochentagen gibt es Cornflakes mit vielen wichtigen Zerealien. Das gibt Schwung für den Tag", erklärte Heinz.

„Zum Schluss gibt es dann noch ein Brötchen mit Nussnugatcreme. Dagegen ist wohl nichts einzuwenden, was? Sogar Sportler essen sie und die sehen ja wirklich nicht so aus, als würden sie sich falsch ernähren."

Frau Sauer holte tief Luft.

„Die Sportler sind nur Werbeträger!", gab Frau Sauer Heinz zu bedenken.

Uschi verzog anerkennend den Mund.

Frau Sauer hatte Mut, dass musste man ihr lassen. Sie versuchte sich nicht nur mit ihr und Heinz, sondern mit der gesamten Werbewirtschaft anzulegen.

Frau Sauer kam ohne zu zögern bereits zum nächsten Punkt und Uschi sollte es nur recht sein.

*

„Ich nehme an, mittags gibt es bei Euch eine warme Mahlzeit?"

„Ja, gute deutsche Hausmannskost", erklärte Uschi nicht ohne Stolz.

„Mit Mehlschwitze angerührte Soßen, Pudding oder anderen Süßspeisen zum Nachtisch?", fragte Frau Sauer.

„Da liegen Sie genau richtig. Ich kann Ihnen gern das ein oder andere Rezept aufschreiben."

Uschi war es egal, ob Frau Sauer bemerkte, dass sie die Ökotrophologin für ein dürres Klappergestell hielt. Ihre Augen lagen viel zu tief in den Höhlen, die Wangenknochen waren viel zu spitz. Wenn es sich Uschi so recht überlegte, nahm sie an, dass Frau Sauer unter ihrer eigenen Ernährung litt und es nur durchzog, um nicht ihr Gesicht gegenüber den Kollegen zu verlieren. Auch für sie würde es schwer werden, mit ende Dreißig einen neuen Ausbildungsplatz zu bekommen. Während Uschi sich so ihre Gedanken machte, füllte Frau Sauer unermüdlich den Fragebogen aus.

*

„Was gibt es zum Abendbrot?", wollte Frau Sauer nun wissen.

Uschi überlegte kurz. Eigentlich fand sie es müßig, ihr die ganzen Wurst- und Käsesorten aufzuzählen.

„Hätten Sie was dagegen, wenn wir dazu zum Kühlschrank gehen?", schlug Uschi vor und Frau Sauer stimmte ihrem Vorschlag herzlich gern zu.

Heinz beschloss, auf dem Sofa sitzen zu bleiben. Er ahnte, dass er bei dem Anblick all der Lebensmittel vor Hunger in Ohnmacht fallen würde.

Und so beobachtete er Frau Sauer und Uschi dabei, wie sie zusammen in die Küche gingen.

Als seine Frau den Kühlschrank öffnete, schloss er sicherheitshalber die Augen.

Uschi war erleichtert, dass sie das Gerät vor vier Wochen mal abgetaut hatte. Als hätte sie geahnt, dass der Kühlschrank sich bald vor einer Öko… Dings-Frau bewähren musste.

Uschi ließ voller Stolz ihren Blick über die Wurst, den Käse, die Butter und die Sahne schweifen.

„Alles Markenprodukte, wie Sie sehen können."

Frau Sauer nickte stumm. Sie schien ebenfalls überwältigt zu sein und Uschi war sich sicher, dass sie ihren Besuch an dieser Stelle abbrechen würde. Doch dann hörte sie Frau Sauer sagen:

„Da ist ja nichts im Obst- und Gemüsefach?"

Uschi bückte sich, schob das Fach auf und zeigte ihr den Sahnepudding.

„Seien Sie mir nicht böse, aber kann es sein, dass Sie eine Brille brauchen? Das Fach ist randvoll mit Pudding, mit dem Besten aus der Milch. Sie wollen mir doch nicht sagen, dass Sie das nicht gesehen haben?" Frau Sauer wendete sich wortlos ab und ging zurück in die Stube. Als Uschi den Kühlschrank schloss, hörte sie, wie Frau Sauer Heinz eine weitere Frage stellte.

„Sag mal Heinz, treibst du irgendwelchen Sport?"

Uschi machte, dass sie ins Wohnzimmer kam. Als sie es betrat, sah sie, wie Heinz aus seinem Dämmerzustand erwachte.

Er schaute Frau Sauer an, als würde er sie zum ersten Mal sehen. Uschi beschloss, ihrem Mann zur Hilfe zu kommen. Die Frau hatte einfach kein Benehmen. Sie hätte Heinz wenigstens in Ruhe aufwachen lassen können, bevor sie eine ihrer Fragen stellte, die doch zu nichts führten.

„Klar, jeden Freitag Mittag, fast eine halbe Stunde lang", mischte sich Uschi ein.

„Sie glauben ja nicht, was Heinz für eine Ausdauer beweisen kann."

„Wirklich?"

Uschi freute es, dass sie Frau Sauer erneut in Staunen versetzte.

„Aber klar. Sie können sich nicht vorstellen, wie voll es Freitagmittag im Supermarkt an der Kasse ist. Da steht man gut mal eine halbe Stunde, bis man dran ist. Von den schweren Einkaufstaschen, die Heinz mir bis nach Hause trägt, ganz zu schweigen. Sagen Sie mir nicht, dass das nichts mit Kraftsport zu tun hat."

Uschi grinste Heinz anerkennend und siegessicher an.

„Nur noch eine Frage", sagte Frau Sauer und blickte auf ihren Fragebogen. "Hast Du irgendwelche Hobbys?"

Heinz nickte erfreut und war augenblicklich hellwach. Er strahlte Frau Sauer förmlich an. Uschi wusste, dass ihr Mann sich freute, endlich wieder über sein Hobby sprechen zu können.

„Fußball!", rief er übermütig.

„Fußball im Fernsehen oder Fußball auf dem Sportplatz?", fragte Frau Sauer nach.

„Nein, ich spiele selbst. Komm mit, ich zeig es Dir!"

Uschi beobachtete Heinz, wie er Frau Sauer an die Hand nahm und sie ins Arbeitszimmer führte.

Uschi brauchte frische Luft. Sie ging hinaus auf den Balkon und schaute sich um.

Vom dritten Stock aus hatte sie einen schönen Blick auf die Straße vorm Haus und auf die Fenster und Balkone der Nachbarn.

Sie war sich sicher, dass sie die Einzige an diesem Vormittag war, die die sonntägliche Ruhe nicht genießen durfte.

Uschi holte hinter einem Blumentopf mit einer blühenden Geranie eine Schachtel Zigaretten hervor.

Ab und an, wenn der Stress des Alltags überhand nahm, gönnte sie sich eine. Sie konnte nicht mit Bestimmtheit sagen, wie lange Heinz mit Frau Sauer in seinem Zimmer verbringen würde. Sie hatte sich nie für Fußball-Computerspiele interessiert, das Heinz übers Internet mit anderen Spielern spielte. Sie wusste nur, dass man sich die Spieler für seine eigene Mannschaft aussuchen konnte.

*

Eine halbe Stunde später erschien Frau Sauer allein auf dem Balkon.

„Heinz spielt noch. Für mich wird es allerdings Zeit zu gehen. Ich wollte mich für Ihre Gastfreundschaft bedanken und werde mich in den nächsten Tagen wieder bei Ihnen melden."

Uschi stockte fast der Atem. Hatte sie sich verhört?

„Ist denn etwas nicht in Ordnung?"

Frau Sauer nickte.

„Wenn ich ehrlich sein soll, eine ganze Menge."

Sie wartete auf einen Einwand von Uschi, als dieser nicht kam, fuhr sie fort.

„Ihr Frühstück ist nicht ausgewogen. Das Mittagessen zu fettig und schwer. Ich vermisse neben den unzähligen Dickmachern Obst und Gemüse."

Frau Sauer räusperte sich.

„Heinz ist siebenundsechzig, mit seiner Kondition wird er die siebzig vielleicht nicht erreichen, wenn er nicht aufpasst. Er muss ganz dringend seine Ernährung umstellen. Sie können ihm dabei helfen. Es wird für sie beide eine Erleichterung werden, glauben Sie mir."

Uschi konnte es nicht fassen.

Was erlaubte sich diese dürre Frau?

Nicht dass sie an ihrem Essen herummäkelte, das sie noch nie probiert hatte, sie unterstellte ihr indirekt, dass sie mit ihrem Essen Heinz umbringen wolle.

Uschi konnte ihre Wut kaum im Zaum halten. Wie gern hätte sie der Frau eine Ohrfeige gegeben, sie mit Schimpf und Schande aus der Wohnung verjagt. Doch sie wollte sich keine Schwäche geben.

„Sie meinen, ich sollte vielleicht etwas Obst und Gemüse im Blumenkasten auf dem Balkon anpflanzen?"

„Gemüse im Balkonkasten? Davon habe ich noch nie gehört", sagte Frau Sauer ungläubig.

„Meine Nachbarin unter mir pflanzt Gemüse und Obst im Balkonkasten an."

Uschi zeigte nach unten.

„Ich muss zugeben, dass sieht auch optisch sehr schön aus."

„Wirklich?"

Zum dritten Mal machte Uschi ihren Gast sprachlos.

„Wenn Sie mal sehen wollen? Sie müssen sich nur ein Stück übers Geländer beugen. Ganz vorsichtig!"

Uschi sah, wie sich Frau Sauers langer schmaler Oberkörper übers Geländer beugte.

„Sehen Sie es? Sie müssen den Kopf etwas strecken!"

„Aber da sind nur…"

„…alte, verblühte Topfpflanzen", beendete Uschi den Satz.

Uschi war erstaunt wie leicht es gegangen war. Sie hatte Frau Sauers Beine nur ganz leicht in die Luft heben müssen.

Fasziniert hatte sie dabei zugesehen, wie die Frau federleicht von der dritten Etage auf den frisch gemähten Rasenabschnitt an der Straße gefallen war.

Uschi schaute ein letztes Mal übers Geländer. Nicht ohne Bewunderung stellte sie fest, dass die grazile Körperhaltung der Frau etwas Schönes an sich hatte.

Dann verließ sie den Balkon, ging zum Telefon im Flur und wählte die Nummer des Notdienstes.

Während sie auf den Anschluss wartete, rief sie Heinz ins Arbeitszimmer zu:

„Moppelchen, komm bitte und stell in der Küche doch mal die Herdplatte unter dem Gulasch an und, Moppelchen, sei so lieb und hol die saure Sahne aus den Kühlschrank."

„Wird gemacht. Ist Frau Sauer denn schon gegangen? Ich habe die Wohnungstür gar nicht gehört."

„Sie hat eine Abkürzung genommen."

„Was?"

„Erzähle ich dir gleich beim Essen, vorausgesetzt du sputest dich ein bisschen, nicht dass unser Mittagessen auch noch ins Wasser fällt."

Heinz verschwand in der Küche und Uschi wandte sich der Frau am anderen Ende der Leitung zu.

„Moin, mein Name ist Uschi Bollermann, ich muss einen Unfall melden…"

ALLES WIRD GUT

Es sind nur ein paar hundert Meter vom ALDI in der Clausewitzstraße bis zu unserem Haus und doch schneiden die Griffe der Plastikeinkauftüten nach der halben Strecke in meine Handfläche.

Meine Hände kribbeln, als ich die Tüten am Hauseingang abstelle und nach dem Schlüssel suche.

Ich öffne die Tür, rufe in die dunkle Wohnung hinein:

„Der Nachschub ist da!", doch keine Reaktion.

Ich stelle die Tüten neben der Spüle in der Küche ab.

Zwei leere Schnapsflaschen fallen polternd auf den mit Brandflecken übersäten Linoleumbelag.

Aus Richtung Backofen schlägt mir der ranzige Geruch von alter Pizza entgegen.

Ich öffne den Kühlschrank, lege abgepackte Wurst, Käse und ein paar Becher Joghurt hinein, die noch in einer Woche an der gleichen Stelle stehen werden.

„Habe Saft mitgebracht, damit Ihr wenigstens ein paar Vitamine zu euch nehmen könnt", flüstere ich nur, weil ich weiß, dass meine Fürsorge umsonst ist.

Die verschrumpelten Äpfel und schwarz gewordenen Bananen werfe ich in den Eimer für den Biomüll, der bereits mit alten Zigarettenschachteln verstopft ist.

Ich hole tief Luft, schaue mich um und stelle mir die tägliche Frage, an welcher Ecke dieser Müllhalde ich beginnen soll.

Vielleicht das Geschirr, denke ich still und drehe den Wasserhahn auf.

Die Geschirrspülmaschine ist defekt und mein Stiefvater seit Monaten nicht mehr in der Lage sie als gelernter Elektriker zu reparieren.

Scheiße, wie kann man nur so tief sinken, geht es mir durch den Kopf.

Während heißes Wasser in die Spüle fließt, gehe ich ins abgedunkelte Wohnzimmer.

Ich lasse das Rollo unten, will nicht, das meine Mutter und ihr zweiter Ehemann durch das hereinfallende Tageslicht erblinden. Öffne jedoch einen spalt breit das Fenster.

Jeder liegt auf seinem eigenen Sofa, jeder in seinem Stückchen Leben, mehr haben sie nicht mehr.

Ich stolpere über Bierflaschen vor dem Sofa meiner Mutter, die vor sich hin schnarcht. Ein dünner Speichelfaden läuft ihr aus dem Mundwinkel.

Auch wenn es hier drinnen dunkel ist, ich kenne diesen Anblick in- und auswendig.

Als ich am Sofa meines Stiefvaters vorbeikomme, rieche ich Kotze und Pisse.

Ich entdecke das Heroin auf dem kleinen Beistelltisch am Fußende.

„Wird bald Zeit für den nächsten Schuss", schreie ich ihn voller Hohn an. Er schaut mit glasigen Augen in meine Richtung. Ich weiß, dass er nicht mal mitbekommt, dass ich da bin.

„Du jämmerliches Stück Dreck, wieso musstest du Mutter mit in dieses Scheißleben hineinziehen?", frage ich ihn und trete gegen das Sofa. Er bewegt sich kurz, stöhnt, als würde er unter Rheumaschüben leiden. Doch dass Einzige worunter er leidet, ist seine Unfähigkeit, sein Leben in den Griff zu bekommen.

Auf dem Wohnzimmertisch liegen leere Zigarettenschachteln, die Asche hat es nicht bis in den Aschenbecher geschafft.

Ein frischer Luftzug weht ins Zimmer, verhindert, dass der Gestank sich in meinem Magen festkrallt.

Ich gehe zurück in die Küche.

Der Abwasch ist schnell erledigt.

Während ich das Geschirr abtrockne, muss ich an die Kassiererin im Supermarkt denken, die ich seit Wochen anlüge. Ich habe ihr erzählt, dass es meinen Eltern nicht gut geht. Ich ahne, dass sie mir angesichts der Schnapsflaschen nicht so recht glauben mag.

Irgendwann wird sie sich weigern, weiterhin die Augen zuzudrücken, ich kann es ihr nicht verdenken.

Doch heute hat sie es noch einmal durchgehen lassen, vielleicht weil sie sich über die tiefgefrorene Torte gewundert hat und ich ihr erklärt habe, dass heute mein Geburtstag ist.

Die Käsetorte nehme ich jetzt mit in den Garten hinters Haus und stelle sie in die Sonne, damit sie auftaut.

Als ich wieder ins Haus gehe, höre ich meine Mutter rufen:

„Wo sind meine verdammten Kippen?"

Ich verdrehe die Augen und bin traurig, dass sie in diesem Ton mit mir redet.

Bevor sie meinen Stiefvater kennenlernte, war sie nicht so, denke ich still und mir wird wieder klar, dass dieses eingepisste, nach kaltem Rauch riechende Ungeheuer, meine Mutter binnen weniger Monate, nach der Hochzeit vor knapp zwei Jahren, in diesen Sumpf aus Drogen und Müll gezogen hat.

Zum Glück hat meine Mutter Angst vor Spritzen und so qualmt und besäuft sie sich aus Solidarität zu ihrer „großen Liebe".

Was für ein Schwachsinn, denke ich still. Früher liebte ich meine Mutter vorbehaltlos, doch nach dem Tod meines Vaters und ihrem neu begonnenen Leben mit meinem Stiefvater, scheint es, als hätte jemand mein Herz in ein Eisfach gelegt. Ich stelle mir einen Topf auf den Herd, fülle Milch hinein und bleibe vor dem Herd stehen, damit die Milch nicht überkocht. Ich schaue auf die Milch, sehe, wie sie sich langsam erwärmt. Als wir noch eine richtige Familie waren, hat Mutter mir Kakao gekocht. Ich stand neben ihr und sie nahm mich in den Arm, so lange, bis die Milch im Topf nach oben stieg. Manchmal habe ich auch heimlich den Herd ausgestellt, weil ich nicht wollte, dass sie mich wieder aus ihrer Umarmung entlässt.

„Mädchen bist du so blöde oder tust du nur so? Wie lange soll ich noch auf die Zigaretten warten?", brüllt meine Mutter. Ihr Ruf geht in einen Hustenanfall über. Zu viele Worte für ihre geteerte Lunge.

„Verdammte Scheiße!", krächzt sie noch, dann ist es wieder still im Wohnzimmer.

Ich nehme den Topf vom Herd, hole den Kakao aus dem Hängeschrank und rühre vier Löffel in die Milch, bis sie dunkelbraun wird.

Vorsichtig beuge ich mich über den heißen Kakao im Topf und schließe die Augen.

Der Duft einer unbeschwerten Zeit macht sich breit und löst in mir einen wohligen Schauer aus.

Und plötzlich habe ich die Hoffnung, dass es weitergehen wird, dass ich meine Mutter wieder zum Leuchten bringen kann.

Ich muss nur die dunklen Schatten verjagen, die sich über unserer beider Leben gelegt haben.

Ich öffne die Augen, gieße Kakao in den Becher und trinke vorsichtig einen Schluck.

Dann suche ich die Kerzen für den Kuchen zusammen, die ich vor ein paar Tagen gekauft habe.

Auch im Wohnzimmer erwacht der Hartz 4- Empfänger.

Es wird wohl Zeit für den nächsten Schuss. Ich rieche, wie er das Heroin erhitzt. Ich lege die Kerzen auf ein Tablett und stelle den Becher mit Kakao dazu. Doch bevor ich in den Garten gehe, führt mich mein Weg noch einmal ins Wohnzimmer, zum abgewetzten Sofa meines Stiefvaters. Auf einmal weiß ich, was ich zu tun habe.

Ich werde meinem Schicksal eins in die Fresse geben und den ausgetrampelten Weg verlassen, damit meine Mutter und ich noch einmal von vorn anfangen können.

Ich stelle mich neben das Sofa, schaue auf meinen Stiefvater, der eine alte Spritze vom schmutzigen Teppich aufhebt.

„Warte, ich helfe dir", sage ich und nehme ihm die Spritze aus seinen nikotingelben Fingern.

Ich lege ihm den Abbinder an, einen alten verschlissenen Ledergürtel und mit dem letzten Rest aus einer Kornflasche desinfiziere ich die Stelle in seiner Armbeuge.

Jeder Handgriff sitzt, ich habe es schon so oft bei ihm gesehen, obwohl ich es nicht wollte.

Vorm Abdrücken löse ich den Ledergürtel, damit seine Vene nicht platzt, obwohl das diesmal egal ist.

Mein Stiefvater wehrt sich nicht, als ich seine rechte Hand nehme.

„Etwas helfen musst du mir schon!", sage ich, bin mir aber nicht sicher, ob er mich versteht.

„Gib mir deinen Daumen.. ja, so ist es gut." Ich drücke ihn auf die Spritze und lege meine Hand darüber. Zusammen spritzen wir das Gift in seine Vene, alles, bis auf den letzten Tropfen.

Nur aus Routine desinfiziere ich danach die Einspritzstelle noch einmal mit einem alkoholgetränkten Wattebausch.

Ich helfe meinem Stiefvater sich wieder aufs Sofa zu legen.

Einen Moment schaue ich auf seinen Brustkorb, der sich leicht hebt und senkt.

„Mädchen, wo hast du meine Zigaretten?", murmelt meine Mutter, die ihren Kopf in meine Richtung gedreht hat.

„Katja", erinnere ich sie und erkläre:

„Diese Dinger bringen dich um und ich werde dir dabei nicht mehr behilflich sein!"

Sie hat keine Kraft, sich gegen meine Entscheidung aufzulehnen. Ihr Körper ist viel zu ausgezehrt.

Die Haut meines Stiefvaters beginnt blau anzulaufen, seine Pupillen verengen sich. Der typische Hinweis auf eine Überdosis.

Ich werde mir noch einen Moment gönnen, bis ich den Notarzt anrufe. Ich will auf Nummer sicher gehen.

*

Ich sitze im Gras unter der alten Weide, dort, wo ich einst mit meiner Mutter auf einer Decke gesessen habe und sie mir meine Geburtstagsgeschenke überreicht hat. Wie früher stehen eine Geburts-

tagstorte und ein Becher Kakao vor mir. Die Geschenke fehlen, aber das ist nicht schlimm. Während ich die Kerzen auf der Torte anzünde, höre ich den Trubel im Haus.

Nach meinem Anruf war der Notarzt nur zehn Minuten später eingetroffen. Meinem Stiefvater hatte man Naloxan, ein Gegengift, injiziert, doch es war zu spät gewesen. Eine ältere Frau kam nun in meine Richtung. Sie lächelte mir freundlich zu, hockte sich neben mich und fragte: „Na, spielst du Geburtstag?"

„Nein, ich habe heute wirklich Geburtstag", sage ich.

„Was wird mit meiner Mutter geschehen?", will ich wissen.

„Sie wird in eine Entziehungsklinik eingewiesen."

Ich hole erleichtert Luft. „Das ist gut!", sage ich und trinke vom Kakao. „Und was wird mit mir?"

Die ältere Frau verzieht bedauernd das Gesicht.

„Ich denke, das Jugendamt wird sich in nächster Zeit um dich kümmern. Jedenfalls so lange, bis es deiner Mutter wieder besser geht."

„Das sind gute Nachrichten", sage ich und klopfte mit der Handfläche auf den freien Platz auf der Decke.

„Ich möchte Sie gern einladen!"

„Oh!" Überrascht nimmt sie neben mir Platz.

„Es tut mir leid, dass dein Geburtstag so verlaufen muss!", sagt sie betreten und schaut auf die brennenden Kerzen. Ich winke ab und nehme das Messer für die Torte in die Hand. „Es muss manchmal alles erst schlimmer werden, damit es dann eines Tages wieder besser wird." Ich blase die Kerzen aus. Alle zwölf auf einmal und schneide den Kuchen an. Er ist noch nicht ganz aufgetaut und nach dem ersten Bissen schmeckte er wie ein Stück Eistorte, aber das störte mich nicht. Die ältere Frau nimmt sich ebenfalls ein Stück Käsekuchen. „Er ist noch halb gefroren", sagt sie. Dennoch beißt sie hinein. „Ich finde ihn perfekt", sage ich mit Blick auf den Kuchen, „so perfekt wie diesen Tag, meinen Geburtstag!" Sie sieht mich erstaunt an. Wundert sich scheinbar über meinen Optimismus. Ich nicke ihr zu und habe das Gefühl, sie aufmuntern zu müssen.

„Glauben Sie mir, ich weiß, dass alles gut werden wird."

EINE OFFENE RECHNUNG

Kommissar Kleinert stand, eingehüllt in einen dünnen Bademantel, auf dem Balkon seiner kleinen Wohnung im dritten Stockwerk am Damm und schaute mit müden Augen auf die Straße hinunter. Er hatte eine unruhige Nacht hinter sich.

Während er in kleinen Schlucken den Morgenkaffee trank, versuchte er vergeblich, die quälenden Bilder der letzten Nacht aus seinem Gehirn zu verbannen.

Immer wieder hatte er sich inmitten seiner alten Kollegen auf dem Revier gesehen, die ihm freudestrahlend erzählten, was sie alles machen würden, wenn sie, wie er, endlich in den Ruhestand gehen konnten. Einen großen Blumenstrauß und eine Flasche Wein hatten sie ihm zum Abschied überreicht und ihm aufmunternd auf die Schulter geklopft. Kommissar Kleinert hatte sich heiter gegeben, sich ein Lächeln abgerungen, obwohl er schon wusste, dass er von all den Vorschlägen nichts in die Tat umsetzen würde.

Er besaß keinen Garten, um den er sich kümmern konnte. Und bei dem Gedanken, nicht einmal Zeit für eine Kreuzfahrt zu haben, schossen ihm Tränen in die Augen. Er hatte seinen Kollegen den Spaß nicht verderben wollen, hatte ihnen nicht von dem Besuch in der Arztpraxis vor zwei Wochen erzählt, wo er wegen einer Routineuntersuchung hingegangen war.

Kommissar Kleinert zog aus der Tasche des Bademantels eine Packung Zigaretten heraus und wenig später zog er genüsslich an dem Glimmstengel und blies den Rauch in die kühle Morgenluft.

Kommissar Kleinert konnte sich genau an die Worte des Arztes erinnern, der ihm gnadenlos klargemacht hatte, dass das Leben nach anderen Regeln spielte, als nach denen, die Kleinert eigens für sich aufgestellt hatte.

Der Arzt hatte ihm die Röntgenbilder gezeigt. Auf dem rechten Lungenflügel war ein Schatten zu sehen, der sich langsam ausbreitete.

„Nutzen Sie die Zeit, die Ihnen noch bleibt!", riet ihm der Arzt, der ihm keine falschen Hoffnungen und leere Versprechungen machen wollte.

Kleinert hatte die Tatsache seines nahen Todes mit stoischer Gelassenheit zur Kenntnis genommen. Ihm blieben noch zwei, bestenfalls, drei Monate zu leben.

Kleinert war sein Leben lang ein Mann gewesen, der Lügen hasste und er bevorzugte, wenn die Menschen, mit denen er es zu tun hatte, mit offenen Karten spielten.

Zu oft hatte er in seiner dreißigjährigen Dienstzeit mit Ganoven zu tun gehabt, die sich aus Angst, geschnappt zu werden, in ein Netz aus Lügen verstrickten. Am Ende hatte er es entwirrt und sie hinter Schloss und Riegel gebracht.

Kommissar Kleinert holte tief Luft, drückte die Zigarette, die er bis auf den Filter geraucht hatte, in einem Aschenbecher aus und ging mit dem leeren Kaffeebecher zurück in die Wohnung.

Es war Zeit für eine Dusche. Danach wollte er einen kleinen Spaziergang machen, der ihn hoffentlich auf andere Gedanken bringen würde.

Eine halbe Stunde später stand Kommissar Kleinert unten vorm Haus auf der Straße. Ohne lang zu überlegen, schlug er den Weg in Richtung Cloppenburger Straße ein.

Und wieder schweiften seine Gedanken ab. Er bekam nichts mit von den Passanten, die ihm entgegenkamen, von dem Fahrradfahrer, der ihm im letzten Moment mit einem Schlenker ausweichen musste, um nicht mit ihm zusammenzustoßen.

Grübelnd fragte sich Kommissar Kleinert, ob es normal sei, dass man im Angesicht des nahen Todes ständig auf sein Leben zurückblickt? Bei ihm war es jedenfalls so. Fünfunddreißig Jahre hatte er bei der Polizei verbracht, Jahre voller Freude, Ärger und Kompromissen. Es waren wechselvolle Jahre, auf die er ohne Groll zurückblickte. Er hatte eine ordentliche Karriere hinter sich, sich, so gut es ging, für die Belange der Kollegen eingesetzt und es gab nichts, was er sich hätte vorwerfen müssen.

Nur eine Sache wurmte ihn. Einen einzigen Fall hatte er in all den Jahren nicht lösen können...

Offiziell wurde der Fall zu den offenen ungelösten- Vorgängen gelegt. Kommissar Kleinert war klar, dass sein Nachfolger diese Akte wohl nie wieder in die Hand nehmen würde. Es sei denn, er wäre scharf darauf, sich einen Fall vorzunehmen, um zu beweisen, dass sein Vorgänger Fehler gemacht und schlampig gearbeitet hatte.

Bis zum heutigen Tag hatte Kleinert sich nicht mit dem Abschlussbericht zufrieden gegeben, in dem vermutet wurde, dass Karl Sauermann von heute auf morgen sein Klempner- und Installationsgeschäft aufgegeben und mit einer Geliebten das Weite gesucht hatte.

Ohne es zu merken, hatte er den Weg zum Haus der Sauermanns eingeschlagen. Plötzlich stand er auf der gegenüberliegenden Straßenseite an einer Mauer gelehnt, hinter der sich der Friedhof befand und schaute auf ein kleines weiß getünchtes Haus an der Cloppenburger Straße.

Das Geschäft gab es immer noch. Nicht weil Silke Sauermanns Mann plötzlich wiedergekommen war. Ihr damaliger Lehrling Peter Neubert hatte den Laden mehr recht als schlecht weitergeführt, später seinen Meister gemacht und den Laden dann richtig zum Laufen gebracht. Das alles war nun zehn Jahre her, zehn Jahre, in denen Kommissar Kleinert sich immer wieder gefragt hatte, ob Herr Sauermann wirklich einfach so verschwunden war oder ob nicht etwa die Ehefrau ihren Mann umgebracht hatte.

Kommissar Kleinert zündete sich die vorletzte Zigarette aus der Schachtel an und schaute seelenruhig auf das Haus. Er spürte wie die Lunge sich gegen den nikotingeschwängerten Qualm zu wehren begann. Seine Lunge brachte ein rasselndes Geräusch hervor, als er hustete und nach Luft rang.

„Scheiß drauf!", dachte er still und konzentrierte den Blick auf das Haus, das eigentlich nie ein Tatort gewesen war, da man hinter diesen Mauern kein Verbrechen nachweisen konnte.

Kommissar Kleinert war nicht mehr im Dienst, doch sollte er es tatsächlich ein letztes Mal versuchen, Licht in diesem Fall zu bringen? Oder verrannte er sich gerade in etwas, das einer Einbahnstraße ohne Wendemöglichkeit glich?

Kommissar Kleinert wartete zwei Autos ab und dann ging er ohne einen bestimmten Plan über die Straße, ging seitlich zum Haus und klingelte an der Haustür, die von Efeuranken eingerahmt wurde. Dieses Gewächs, das an Ausmaß zugenommen hatte, kam ihm so vertraut vor, als wäre er erst gestern zu einer seiner unzähligen Vernehmungen dort gewesen.

*

Während Kommissar Kleinert auf Geräusche im Inneren des Hauses lauschte, machten sich erste Zweifel in ihm breit.

Was erhoffte er sich eigentlich von seinem Besuch? Glaubte er wirklich, dass die Frau, die er für die Mörderin ihres Mannes hielt, ihn nach so langer Zeit mit offenen Armen empfangen und ihm gegenüber ein umfassendes Geständnis ablegen würde?

*

Silke Sauermann stand am Herd, als es an der Tür klingelte. Sie wollte Peter rufen, der für sie an die Tür gehen sollte, als ihr einfiel, dass er in der Werkstatt hinterm Haus war, um das Material für eine Rohrverlegung zusammenzusuchen.

Silke stellte die Herdplatte ab und legte einen Deckel auf den Topf mit der Kartoffelsuppe, die sie fürs Mittagessen vorbereitete.

Zögernd ging sie zur Haustür und öffnete sie.

Kommissar Kleinert sah einen dunklen Schatten hinter dem geriffelten Glas der Haustür.

Als sie sich öffnete, schaute er in das Gesicht von Silke Sauermann, die einen Augenblick brauchte, um ihn wiederzuerkennen.

„Herr Kommissar, was machen Sie denn hier?", fragte sie. Kommissar Kleinert hörte die Feindseligkeit in ihrer Stimme.

Nervös strich sie sich eine Haarsträhne aus der Stirn.

„Ich hatte Sehnsucht nach Ihnen!", grinste Kommissar Kleinert. Er wollte das Wiedersehen auflockern, sich Zeit verschaffen über den nächsten Schritt nachzudenken.

Silke Sauermann zögerte einen Moment, doch dann trat sie zur Seite und ließ ihn eintreten.

„Lassen Sie uns in die Küche gehen, ich bereite gerade das Mittagessen vor", hörte er sie sagen und folgte ihr in die Küche, über deren geschmackvolle Einrichtung er schon damals gestaunt hatte.

Sie bot ihm einen Platz am Küchentisch an und ging zum Herd, um die Suppe umzurühren.

„Ich würde Ihnen ja gern einen Teller Suppe anbieten, aber ich glaube nicht, dass Sie deshalb gekommen sind!"

Sie drehte ihm den Rücken zu.

Kleinert bedauerte, dass er nicht in ihrem Gesicht lesen konnte.

Vielleicht fürchtete sie genau in diesem Augenblick, dass man die Leiche ihres Mannes gefunden hatte? Ging sie gerade noch einmal den Ablauf ihres Verbrechens durch und überlegte dabei, ob sie auch wirklich keine Spuren hinterlassen hatte?"

Kommissar Kleinert grinste still vor sich hin. Seine Gedanken waren reines Wunschdenken.

Unvermittelt drehte sie sich zu ihm um, in der Hand hielt sie die Suppenkelle, als wolle sie ihn damit bedrohen.

„Warum sind Sie hier? Gibt es neue Erkenntnisse? Oder ist es, weil Karl genau heute vor zehn Jahren ohne eine Nachricht zu hinterlassen, das Weite gesucht hat?"

Kommissar Kleinert war nicht bewusst gewesen, dass er heute vor zehn Jahren zum ersten Mal hier gewesen war. Aber ja, wenigstens in diesem einen Punkt log sie nicht.

An der Pinnwand neben einem der Hängeschränke entdeckte er ein altes Foto von Karl Sauermann.

„Er war ein attraktiver Mann. Vielleicht zu gutaussehend, um ihn für sich allein zu haben?"

Silke Sauermann verzog den Mund.

„Wollen Sie damit sagen, Sie glauben mir endlich?"

Kommissar Kleinert schüttelte den Kopf.

„Nein!"

Silke Sauermann holte tief Luft.

Für einen Moment hatte Kommissar Kleinert den Eindruck, als schweiften ihre Gedanken in die Vergangenheit ab.

Doch so schnell dieser Eindruck gekommen war, so schnell war sie wieder im Hier und Jetzt und schaute ihn mit zusammengekniffenen Augen an.

„Warum kommen Sie dann zu mir? Ich weiß, dass Sie bereits pensioniert sind!"

Silke Sauermann schenkte ihm ein hämisches Grinsen.

„Wurmt es Sie, dass Sie etwas nach Ihrer Meinung Unaufgeklärtes zurücklassen mussten? Einen angeblichen Mord, den sie nicht aufklären konnten?"

„Man sollte immer unerledigte Dinge zuende bringen, die privaten, aber auch die beruflichen Angelegenheiten."

Kommissar Kleinert schaute ihr fest in die Augen. Sie hielt seinem eindringlichen Blick mühelos stand, nur kurz schaute sie auf den Boden und ihm war, als würde sie kurz nicken und ihm recht geben.

Aus einem ihm unerfindlichen Grund, erzählte Kommissar Kleinert ihr von der Diagnose des Arztes. Ausgerechnet der Frau, die er für eine Mörderin hielt.

Vielleicht lag es daran, dass er außer mit seinem Arzt noch mit keinem anderen Menschen darüber geredet hatte.

Komischerweise störte es ihn nicht, sich vor Silke Sauermann auf diese Art und Weise zu entblößen.

„Das tut mir leid!", hörte er sie sagen und sie schien es ehrlich zu meinen.

Kommissar Kleinert räusperte sich und wechselte unvermittelt das Thema.

Sein Gesicht wurde wieder ernst, seine Augen fixierten Silke Sauermann, als er in die Stille hinein erklärte:

„Sie haben mich damals angelogen, als Sie behaupteten, dass Ihr Mann mit einer Geliebten verschwunden sei. Es hatte nie einen Hinweis auf eine andere Frau gegeben. Auch die Nachbarn haben keine fremde Frau in der Nähe Ihres Mannes mitbekommen."

Silke nickte still, legte die Suppenkelle neben die Spüle.

„Weil mein Mann es verstanden hat, alle an der Nase herumzuführen, mich eingeschlossen.‟

Kommissar Kleinert glaubte ihr nicht, auch wenn er es so gern getan hätte.

„War es nicht so, dass ihr Mann es mit den Frauen, die er als Kundinnen hatte, ein wenig zu bunt getrieben hatte? War es nicht so, dass Sie dahinter gekommen waren und ihn zur Rede gestellt haben? Und als Sie merkten, dass er nie damit aufhören würde, Sie zu betrügen und ihr gemeinsames Leben zu zerstören, da haben Sie ihn umgebracht.‟

„So ein Quatsch‟, entgegnete Silke Sauermann ruhig.

„Natürlich sah mein Mann gut aus, doch auf all seinen Kundenfahrten hatte er immer seinen Lehrling mit.‟

„Peter Neubert, der das Geschäft ihres Mannes später übernommen hat?‟, fragte Kommissar Kleinert dazwischen.

„Genau. Ich hätte mich getrennt, wenn ich von einer Affäre gewusst hätte. Mein Mann hätte alles verloren. Warum sonst hat er sich vor zehn Jahren sang- und klanglos aus dem Staub gemacht? Männer scheuen die Konfrontation. Er hat sich für den Weg des geringsten Widerstandes entschieden. Mehr gibt es dazu nicht zu sagen.‟

Kommissar Kleinert antwortete nicht. Er schaute sich in der Küche um. Silke Sauermann folgte seinem Blick und plötzlich schweiften ihre Gedanken zehn Jahre zurück in die Vergangenheit.

Hier in dieser Küche hatte sie gestanden, das Telefon ans Ohr gehalten und die Polizei angerufen. Sie hatte Karl als vermisst gemeldet.

Erst vierundzwanzig Stunden später war Kommissar Kleinert aufgetaucht und hatte sie über ihren Mann ausgefragt.

Kommissar Kleinert schien ihre Gedanken zu erraten, als er plötzlich fragte:

„Wie lange war er schon tot, als ich mit Ihnen hier in der Küche saß? Oder haben Sie Ihren Mann irgendwo im Haus eingesperrt, bevor Sie ihn umgebracht haben?‟

Silke Sauermann schaute den Kommissar wütend an und verschränkte die Arme vor der Brust.

„Sie können einfach nicht aufhören damit, was? Warum glauben Sie mir nicht?‟

Silke Sauermanns Geduld war am Ende.

„Berufliches Misstrauen!", antwortete Kommissar Kleinert kühl.

Silke Sauermann holte tief Luft und schaute ihn herausfordernd an.

„Wo hätte ich meinen Mann denn Ihrer Meinung nach verstecken sollen? Sie haben unzählige Male das Haus und die Werkstatt durchsucht. Sogar die kleine Rasenfläche neben der Werkstatt haben Sie Meter für Meter umgegraben!"

„Das heißt nichts!", beharrte Kommissar Kleinert auf seinem Standpunkt, dass Sie ein Verbrechen begangen hatte.

Silke Sauermann schüttelte bedauernd den Kopf.

„Wissen Sie, ich denke, Sie sollten Ihre letzten Tage nicht damit verbringen, einem Phantom hinterherzujagen."

Kommissar Kleinert dachte nicht daran, sich von ihren Worten verletzen zu lassen. Dazu war er einfach zu sehr Polizist, um sich diese Provokation auf sein bevorstehendes Ableben zu Herzen zu nehmen.

„Warum sagen Sie mir nicht einfach, wie Sie Ihren Mann getötet haben und wo Sie ihn versteckt haben. Glauben Sie mir, das würde Ihr Gewissen entscheidend erleichtern und ich kann dann tatsächlich meine letzten Tage in Ruhe genießen."

„Ich habe nichts von all dem getan, was Sie mir unterschieben wollen."

Silke Sauermann trat zum Kommissar und schaute auffordernd zur Tür.

„Ich denke, Sie sollten jetzt besser gehen. Ich habe Ihnen nichts mehr zu sagen."

Silke Sauermann ging zur Haustür. Ungeduldig wartete sie darauf, dass der Kommissar ihr folgte. Sie konnte es kaum abwarten, dass er endlich ging.

Silke Sauermanns Worte trafen Kommissar Kleinert wie ein Stromschlag. Mit einem Mal begriff er, dass er mit seinem Latein am Ende war. Sein Besuch hatte nichts gebracht, keine neuen Erkenntnisse, keine Lösung des Mordfalls, in dem es scheinbar keinen Mord gegeben hatte.

Kommissar Kleinert stand an der Haustür.

So schwer es ihm fiel, er musste sich eingestehen, dass er verloren hatte. Geschlagen trat er den Rückzug an. Er verabschiedete sich kurz bei Silke Sauermann und verließ das Haus in Richtung Innenstadt.

Kommissar Kleinert lief langsam die Cloppenburger Straße entlang. Kurz schaute er zur seiner Rechten auf die Dreifaltigkeitskirche, bevor er wenig später an der nächsten Kreuzung nach links auf den Damm einbog.

In Gedanken ließ er die Begegnung mit Silke Sauermann Revue passieren. Je mehr er sich vom Haus der Sauermanns entfernte, desto kindischer erschien ihm sein Besuch.

Warum in Gottes Namen hatte er geglaubt, dass Silke Sauermann bei ihrem Gespräch einbrechen würde? Hatte er wirklich geglaubt, sie würde ihm aus Mitleid ein Geständnis auf dem silbernen Tablett servieren? Warum musste er ihr unbedingt von seiner Krankheit er-

zählen? Kommissar Kleinert blieb kurz stehen. Sein ganzes Handeln an diesem Vormittag war dilettantisch gewesen. So langsam glaubte er selbst, dass es gut war, dass er nicht mehr im aktiven Polizeidienst war.

Spätestens nach dieser Aktion hätte ihm sein Vorgesetzter nahegelegt, über den Eintritt in den Ruhestand nachzudenken. Und Kommissar Kleinert hätte ihm auch noch Recht geben müssen.

*

Silke Sauermann schloss die Haustür.

Als sie zurück in die Küche ging, stand Peter Neubert vor ihr.

„Ich dachte, du bist in der Werkstatt?"

„Ja, war ich auch, aber dann war mir, als hätte ich die Haustür gehört, und ich sah einen Mann in der Küche sitzen."

Silke nickte.

„Ja, ich hatte Besuch. Kommissar Kleinert war da!"

Peter Neubert schaute verdutzt.

„Dieser Kommissar, der damals ermittelt hat? Und? Was wollte er?"

Peter trat an die Spüle, wusch sich seine öligen Hände mit Geschirrspülmittel und versuchte, dabei in den Topf zu schauen, in dem etwas vor sich hin köchelte.

„Er wollte die Wahrheit wissen. Er glaubt mir immer noch nicht, dass ich unschuldig bin."

Silke lachte leise.

„Stell dir vor, er gibt immer noch keine Ruhe, obwohl er jetzt im Ruhestand und schwer erkrankt ist."

„Was hast du ihm gesagt?", wollte Peter wissen und trocknete sich die Hände ab.

„Was ich ihm schon damals gesagt habe, dass ich Karl nicht getötet habe."

Peter umarmte Silke, küsste sie in den Nacken.

Die plötzliche Intimität war ihr unangenehm, auch wenn sie seit zehn Jahren ein Paar waren.

„Es gibt gleich Essen!", sagte sie und machte sich sanft von ihm los. Peter schaute sie verschmitzt an.

„Wollen wir vorher nicht noch einige Pfunde abarbeiten?"

Er schaute zur Tür, hinter der sich das Schlafzimmer verbarg.

„Nein, jetzt nicht!", antwortete Silke.

„Dann nicht!",erklärte Peter gleichgültig. Wie ein Dorn stach Peters Verhalten ihr ins Herz. Früher hätte er gebettelt, sie umworben, bis er sein Ziel erreicht hätte. Und nun war ihr, als wäre ihm die Zeit mit ihr so wichtig wie Essen. Regelmäßig, aber wenn es mal ausfiel, ging die Welt davon auch nicht unter.

Silke kannte den Grund für diese Veränderung an Peter.

Bis jetzt hatte sie ihn noch nicht zur Rede gestellt, doch lange würde sie sich seine Fehltritte nicht mehr gefallen lassen. Nicht zum ersten Mal ertappte sie sich dabei, dass sie begann, sich selbst die Schuld für sein Fremdgehen zu geben. Doch wenn sie einen Moment länger über seine Seitensprünge nachdachte, wusste sie, dass dem nicht so war.

*

Es war zwanzig Uhr. Seit einer Stunde stand das Abendbrot auf dem Tisch, doch Silke saß allein in der Küche. Sie hatte es aufgegeben, auf Peter zu warten, der am späten Nachmittag zu einem Kunden wegen eines Rohrbruchs nach Ofenerfeld gefahren war.

Silke hatte die Zeit genutzt, um etwas zu machen, was sie längst hätte machen sollen. Sie schrieb sich alles von der Seele. All die Dinge, die sie seit zehn Jahren zu vergifteten drohten.

Kommissar Kleinert Besuch hatte den Ausschlag gegeben und bei jedem Satz, jedem Gedanken, den sie auf Papier brachte, fühlte sie sich besser.

Ihre Gedanken schweiften ab zu jenem Tag, an dem Peter eines Nachts im Schlafzimmer vor ihrem Bett gestanden und den Finger auf ihren Mund gelegt hatte. Er hatte sie flüsternd aufgefordert, mit hinauszugehen und da hatte er ihr eröffnet, dass ihr Mann sie mit einer anderen betrog.

Silke hatte es erst nicht glauben wollen, doch Peter, der als Lehrling bei all seinen Einsätzen dabei war, lieferte ihr die Details.

Silke hatte Karl zur Rede gestellt, ihn vor ein Ultimatum gestellt, um Zeit zu haben, sich anständig von dieser fremden Frau zu trennen, doch Peter erklärte Silke, dass er gehört habe, wie Karl der Frau versprach, seine Ehefrau für sie zu verlassen.

Und eines Tages war er tatsächlich verschwunden.

Silke trauerte nicht lange um ihn. Als Peter ihr eines Abends bei einem Glas Wein seine Liebe zu ihr gestand, erfuhr sie die ganze Wahrheit.

*

Silke hatte die Zeilen beendet. Fast vier eng beschriebene Blätter waren es geworden. Sie steckte den Brief in einen Umschlag und klebte ihn zu.

Dann ging sie zur Haustür, zog sich eine Jacke an und verließ das Haus in Richtung Innenstadt.

*

Peter hatte ihr gestanden, dass er sie von ihrem Mann erlöst hatte. Erst verstand sie nicht, was er damit sagen wollte, doch als er ihr erklärte, dass dieser Mistkerl ihr das Leben versaut hatte und sie nun beide glücklich zusammenleben könnten, da ahnte sie, was er getan hatte.

Anfang liebte sie Peter nicht. Sie genoss seine Jugend, seine Unbeschwertheit, begrüßte es, dass er gern die Werkstatt übernehmen wollte.

Silke ließ es geschehen, verdrängte die Tatsache über den Preis, den ihr neues Leben zusammen mit Peter gehabt hatte.

Viel später gestand er ihr, dass er Karl auf dem Friedhof an einer freien Stelle neben einem alten Grab von Johann Peter Ahlers, einem dänischen Hauptmann und Oldenburgischen Forstmeisters, beerdigt hatte. Das Eisenrohr hatte er mit ins Grab gelegt.

Er hatte gehofft, dass Silke stolz auf ihn sei und ihn für seine Tat bewunderte, doch sie war nur betroffen.

All die Schwüre, dass er dies für sie beide getan hatte, zeigten erst allmählich ihre Wirkung.

Irgendwann machte sich Silke keine Gedanken mehr über Peters Tat.

Sie begann ihn zu lieben, hatte er sie doch von einem notorischen Fremdgänger befreit, und ohne weiter darüber nachzudenken, ließ sie ihr gemeinsames Leben einfach so laufen.

Doch seit ein paar Monaten schien es, als wäre Karl in der Person von Peter wieder auferstanden. Sie hatte keine Lust, das alles noch einmal durchzumachen. Auch dass war einer der Gründe, warum sie diesen Brief geschrieben hatte.

*

Silke ging auf dem Damm entlang. Sie konnte sich daran erinnern, dass es ein Haus mit mehreren Wohnungen und einem Balkon gewesen war, in dem Kommissar Kleinert wohnte.

„Am Damm 39", fiel es ihr wieder ein.

Als sie das Haus erreichte, suchte sie den Eingang.

Silke Sauermann betrachtete den Umschlag ein letztes Mal.

Kommissar Kleinert war fast auf der richtigen Spur gewesen.

Silke holte tief Luft und ließ den Umschlag durch den Briefschlitz gleiten.

Ein letztes Mal schaute sie auf den Namen am Briefkasten und musste lächeln.

Mit diesem Brief half sie einem sterbenden Ex Kommissar, ein letztes Netz aus Lügen zu entwirren.

DIE ANZEIGE

Werner Onken, diensthabender Beamter, stand in der Küche und schaltete die Kaffeemaschine an.

Er rechnete mit einem ruhigen Vormittag. Gegen Mittag würde er ein paar unerledigte Papiere bearbeiten und ansonsten eine ruhige Kugel schieben.

Die Kaffeemaschine begann, unter ächzendem Gestöhne das Wasser auf das Kaffeepulver im Filter laufen zu lassen. Es war höchste Zeit, die Maschine gründlich zu entkalken. Doch diese Arbeit würde Werner noch etwas vor sich herschieben.

Aus dem Hängeschrank über der Spüle kramte er einen Becher hervor. Wenig später goss er den viel zu starken Kaffee in den Becher, machte es sich auf einem Stuhl hinterm Tresen gemütlich und sinnierte still vor sich hin.

Seit über zehn Jahren arbeitete er schon in der Polizeistation Krusenbusch im Beentweg. Er hatte hier auf der Dienststelle schon viel Ungewöhnliches erlebt, doch es war nie etwas dabei gewesen, das ihn aus der Bahn geworfen hätte.

Zu seiner Hauptaufgabe gehörte es, Telefongespräche von besorgten oder verärgerten Mitbürgern anzunehmen.

Ab und an handelte es sich um Anzeigen wegen Zechprellerei, Vandalismus am Deich oder Nachbarschaftsstreitigkeiten.

Neulich hatte er sogar eine Prostituierte am Telefon, die ihren Freier anzeigte.

Er hatte sie zwar bezahlt, aber ihre extra dicken Kondome mitgehen lassen.

Die einzige große Sache war eine Schlägerei von betrunkenen Jugendlichen vor ein paar Jahren beim Osterfeuer am Osterfeuerplatz des Krusenbuscher Sportvereins.

Ein Jahr später gab es nochmal ein mittelgroßes Aufsehen, als zwei betrunkene Polizisten beim Osterfeuer Jugendliche kontrollieren wollten. Die Jugendlichen beschwerten sich per Anruf bei der Polizei. Diese peinliche Angelegenheit schaffte es dann auch prompt in die NWZ, war jedoch schnell wieder vergessen.

Bis auf diese beiden Ereignisse konnte sich Werner an nichts Spektakuläres erinnern.

Er führte ein ruhiges Berufsleben und das war auch gut so.

Eine fremde Stimme riss ihn plötzlich aus den Gedanken.

„Hallo? Ist denn hier keiner?"

Werner sah von seinem Schreibtisch auf und blickte in das aufgebrachte Gesicht eines großgewachsenen Mannes Mitte vierzig. Er hatte ihn tatsächlich nicht kommen hören.

Jetzt betrachtete er sich den Mann genauer, ohne sich zu erheben. Sein langes blondiertes Haar war nach hinten gekämmt.

Er trug eine ausgewaschene Jeans und Werner ahnte, dass er für die Risse in der Hose viel Geld bezahlt hatte.

Ungeduldig klopfte er mit seinen manikürten Fingernägeln auf das Holz des Tresens.

Werner erhob sich.

Er ging auf den Mann zu, als dessen Handy klingelte.

„Jo? Ach Caro, du bist es! Ich bin hier bei der Polizei, jo, nee, ich warte hier schon eine geschlagene halbe Stunde, aber bis jetzt hat sich noch niemand meinem Problem angenommen. Jo, ich werde denen gleich mal ein bisschen Dampf unterm Hintern machen. Na, was, glaubst du, muss man sich alles gefallen lassen?"

Werner verstand jedes Wort. Dem Mann schien es einerlei.

Auch wenn es Werner unangenehm war, das private Gespräch mit anhören zu müssen und er sich sicher war, dass mit dem Zeitgefühl des Mannes etwas nicht stimmte, stand er nun direkt vor ihm und hatte ein offenes Ohr für sein Problem.

„Du, Caro, da kommt jemand angeschlichen. Bevor der sich wieder verpisst, werde ich ihn mir mal schnappen."

Der Mann beendete sein Gespräch und wandte sich aufgeregt an Werner.

„Na endlich, dachte schon, ich muss hier Wurzeln schlagen."

„Moin, was kann ich für Sie tun?", begrüßte ihn Werner gelassen.

„Ich will einen Diebstahl melden. Man hat mir mein Auto gestohlen."

Werner drehte den Monitor hinterm Tresen zu sich, um die Strafanzeige unverzüglich aufzunehmen.

„Sie heißen?"

„Was?"

Der Mann schien nicht ganz bei der Sache.

Das Handy, das er noch immer in den Händen hielt, wollte nicht recht in der Hemdtasche verschwinden.

„Ihren Namen, bitte."

„Oliver Renken, meine Freunde nennen mich Olli."

Werner hob bedauernd die Schultern.

„Für Spitznamen ist hier keine Spalte vorgesehen."

„Wie jetzt?"

Der Mann sah Werner verunsichert an.

„Wo wohnen Sie?", fuhr Werner unbeirrt fort.

„Ich wohne…"

Das Handy klingelte.

„Caro, was ist denn noch? Nee, ich bin immer noch bei der Polizei. Nee, das dauert noch, die sind hier nicht die schnellsten. Wah? Wie kommst du denn jetzt auf Bille? Wah? Das ist doch absoluter Blödsinn. Ich habe die Fete gestern Abend nicht mit Bille verlassen."

Während Herr Renken wild gestikulierend telefonierte, wartete Werner am Computer darauf, dass der Mann endlich das Gespräch beendete.

Doch danach sah es nicht aus. Umständlich kramte der Mann aus seiner Hosentasche einen Personalausweis hervor und legte ihn auf den Tresen.

Pantomimisch gab er Werner zu verstehen, dass er ja schon einmal die weiteren Personaldaten aufnehmen könne.

Werner hatte keine Lust, sich stur zu stellen.

Wenn er nicht weiter machte, würde der Mann noch heute Abend am Tresen stehen und womöglich verlangen, dass man ihm seinen Akku auflade.

„Nee, Caro, da bist du ganz schön auf dem Holzweg. Tschüß."

Der Mann beendete das Gespräch und diesmal glitt das Handy problemlos in die Hemdtasche.

Der Mann verzog das Gesicht zu einer genervten Grimasse.

„Sie kennen das bestimmt. Hinter jeder Frau vermuten die Ehefrauen sofort eine Geliebte. Da kann man reden wie ein Wasserfall, wenn die sich erst einmal was in den Kopf gesetzt haben, bekommst Du das nicht mal mit einem Vorschlaghammer raus."

Werner fand die Bildersprache sehr schön, konnte ihm aber ansonsten nicht ganz folgen.

Er vermied es, darauf einzugehen. Nicht weil er bis Sonnenuntergang die Anzeige aufgenommen haben wollte, sondern weil seine Frau Katja, die als Streifenpolizistin arbeitete, in gut zwei Stunden mit ihm zusammen Feierabend hatte.

„Haben Sie die Fahrzeugpapiere dabei?", kam Werner zum nächsten Punkt.

„Jo, habe ich."

„Seit wann vermissen Sie ihr Fahrzeug? Wenn ich richtig sehe, ein orangenen Mercedes Baujahr 1976?"

„Seit heute morgen. Ich habe den Wagen gestern, nachdem ich einen Gast von einer Privatfeier nach Hause gebracht hatte, direkt vor meinem Haus im Goldrautenweg abgestellt."

Werner nickte und war froh, dass sie endlich etwas vorankamen.

Er hatte diesen Gedanken noch nicht ganz beendet, da ertönte eine ihm bereits bekannte Melodie.

Es war die Filmmusik vom Denver Clan.

Diesmal drehte der Mann sich um, vergaß aber, leiser zu sprechen.

Werner notierte sich in der Zwischenzeit das Autokennzeichen OL- LI 469 und wartete.

„Caro, nun hör mir doch mal zu. Es war nicht so, wie du denkst. Ach Quatsch."

Werner schaute zur Uhr.

Eine halbe Stunde war seit dem Erscheinen des Mannes vergangen, wovon er höchstens zehn Minuten mit ihm persönlich gesprochen hatte.

Wenn das so weiter ging, würde er Überstunden machen müssen.

An Werners Schreibtisch begann das Telefon zu klingeln.

Werner glaubte nicht, dass die Diskussion mit dieser Caro bald beendet sein würde, deshalb ging er zum Schreibtisch, schaute auf die Nummer und hob ab.

„Hallo, Katja."

„Hallo, Werner. Ich wollte Dich nur schnell fragen, ob Du heute pünktlich rauskommst.

„Ich hoffe schon", antwortete Werner nicht ganz überzeugt.

„Das hört sich an, als wüsstest Du es noch nicht genau. Ist bei Euch ne' große Sache reingekommen?"

„Groß schon, aber nicht, was Du annimmst. Ich habe hier einen Herrn, der lieber mit seinem Handy redet, als mit mir, obwohl ihm und nicht mir, das Auto gestohlen wurde. Ehrlich gesagt frage ich mich, wer von uns beiden Hilfe braucht."

„Nicht ärgern, ich habe was, dass heitert Dich vielleicht etwas auf."

„Echt? Was ist es denn?"

„Ich musste gerade das Kennzeichen eines alten Mercedes aufnehmen. Der Wagen steht im Kalmusweg quer auf dem Fußweg.

Das Witzige ist, der Wagen ist zwar verschlossen, aber auf dem Rücksitz liegt ein Frauenslip auf dem BILLE steht.

Ist doch echt irre, was?

Bitte versprich mir, dass Du mir nie Unterwäsche kaufst und meinen Namen drauf sticken lässt."

„Ich verspreche es Dir, hoch und heilig! Aber sag mal, nur für die Akten. Hat der Wagen das Kennzeichen OL-LI 0469?"

„Ja, woher weiß Du das?"

„Der Halter ist besagter Mann mit Handy."

„Will Du ihm gleich sagen, dass…?"

Werner schaute zum Tresen, als er die Stimme des Mannes hörte:

„Hey, was ist los? Wird man hier nicht ernst genommen oder ist der Herr schon in der Mittagspause?"

Werner atmete tief durch.

„Du, Katja, ich muss jetzt Schluss machen. Wir sehen uns nachher."

„War das jetzt alles?", fragte der Mann.

Werner nickte

„Ja, das war jetzt alles."

„Und was passiert als Nächstes?"

„Wir geben jetzt ihr Auto in die Fahndung."

"Na hoffentlich sind das keine so wortkargen Triefnasen wie Sie.

Ach übrigens, der Wagen hat braune Ledersitze und von dem Modell fahren ja wohl nicht mehr so viele herum. Sollte ein Leichtes sein, meinen Wagen zu finden."

Werner grinste still in sich hinein.

Er wollte ihn noch in aller Ruhe seine Fahrzeugpapiere und den Personalausweis einstecken lassen, bevor er ihm sagen würde, dass man seinen Wagen bereits in der Nebenstraße gefunden hatte.

Werner malte sich lieber nicht aus, in was für einem Zustand Herr Renken gewesen war, wenn er sich nicht mehr daran erinnern konnte, wo er sein Fahrzeug am Abend zuvor abgestellt hatte.

Jetzt wollte er ihn aber nicht mehr länger zappeln lassen und ihm die gute Nachricht verkünden, als erneut das Handy klingelte.

„Nee, Caro, so langsam geht mir das echt auf den Zeiger."

Der Mann wandte sich mit einem Seitenblick an Werner.

„Wäre das dann alles oder gibt's noch was?"

Werner schüttelte den Kopf.

„Nein, das wäre dann fürs erste alles."

Der Mann nickte zufrieden.

Werner hörte Herrn Renken beim Hinausgehen sagen:

„Nee, Caro, ich stell das Handy jetzt ab, wir können heute Abend darüber reden. Ich muss jetzt zur Arbeit."

Werner überflog noch einmal die Anzeige.

Die Festnetznummer von Herrn Renken fiel ihm ins Auge.

Er mochte es nicht, dass sich Leute unnütz Sorgen machten und so beschloss er, es auf einen Versuch ankommen zu lassen.

„Caroline Renken am Apparat, mit wem spreche ich bitte?"

„Hier ist Werner Bruns, Polizeikommissariat Krusenbusch.

Es geht um den gerade von Ihrem Mann als gestohlen gemeldeten orangenen Mercedes Baujahr 1976, mit dem Kennzeichen OL-LI 0469..."

DAS VERSPRECHEN

Der Anruf von den Städtischen Kliniken in Kreyenbrück kam gegen neun Uhr früh.

Der alte Mann saß im Schlafanzug am Küchentisch bei einem Becher Kaffee, als es klingelte.

Schon beim ersten Klingelzeichen ahnte er, wer am anderen Ende der Leitung sein würde.

Ganz ruhig ging er zum Telefon.

Als er die Mitteilung des Arztes hörte, der seine Frau seit drei Monaten behandelte, gab es für ihn keinen Grund zur Eile.

„Mit Ihrer Frau geht es zu Ende. Es wäre besser, Sie machten sich auf den Weg zu uns", hatte der Arzt ihm erklärt.

Seit drei Monaten lag seine Frau im Koma, seit Wochen testeten sie im Krankenhaus ihr Blut, den Urin. Sie überprüften ihre Hirnströme, ihren Pulsschlag und dennoch war der alte Mann davon überzeugt, dass sie trotz ihrer Untersuchungen nicht alles über seine Frau herausfinden würden.

Nein, nur er kannte sie und wusste, dass er sich Zeit lassen konnte. Er brauchte nicht wie ein in Panik geratenes Tier zum Krankenhaus rennen.

Anna würde auf ihn warten, auch wenn der Arzt glaubte, dass sie jeden Moment einschlafen und nie wieder aufwachen würde.

Sie würde nicht eher gehen, bis er das Versprechen eingelöst hatte, dass er ihr einst, vor über vierzig Jahren, gegeben hatte.

Der alte Mann duschte sich, zog sich leichte Kleidung an und griff die kleine Reisetasche, die seit Tagen neben der Wohnungstür stand.

Einer alten Gewohnheit folgend schaute er in die Wohnung zurück, die er mit Anna seit zwanzig Jahren bewohnte.

Die Wohnung war nicht groß, doch Anna hatte es verstanden, ihr kleines Heim in der Innenstadt von Oldenburg gemütlich einzurichten. Ein Heim, in das sie nie mehr zurückkehren würde.

Leise zog der alte Mann die Wohnungstür hinter sich zu und ging die schmalen Treppenstufen nach unten auf die Straße.

Die Achternstraße war bis auf ein paar Lastwagen, die die anliegenden Geschäfte mit Ware versorgten, fast menschenleer.

Nur einige Touristen drückten ihre Nasen an den Glastüren der Geschäfte platt und schimpften still darüber, dass sie noch fast eine Stunde warten mussten, ehe die ersten Läden öffneten.

Der alte Mann schlängelte sich an den Fahrzeugen vorbei und steuerte auf sein Stammcafé zu, das sich gleich neben der Hirschapotheke befand.

Er setzte sich an einen Tisch unter der Markise. Still nickte er der Bedienung von Weitem zu. Kurz darauf kam eine junge Frau mit einem Becher Kaffee, den sie vor ihn auf den Tisch stellte.

Der alte Mann bedankte sich und bestellte ein trockenes Brötchen zu seinem Kaffee.

Als die Bedienung es ihm kurz darauf brachte, begann der alte Mann einen alten Kassettenrekorder samt Mikrofon neben sich auf den Stuhl zu legen.

Die Bedienung wunderte sich, stellte jedoch keine Fragen nach dem Zweck des ungewöhnlichen Treibens ihres Stammgastes.

Der alte Mann zerbröselte das Brötchen auf dem Teller vor sich.

Ein Pärchen drei Tische von ihm entfernt beobachtete ihn und schüttelte den Kopf, weil es keinen Sinn in seiner Handlung sah.

Erst als er die Brötchenkrümel neben seinen Tisch auf die Erde warf und die ersten Tauben zu ihm an den Tisch geflogen kamen, ahnten sie, was der alte Mann bezweckte und stemmten entsetzt die Hände in die Hüften.

„Essen Sie ruhig weiter. Die Tauben tun Ihnen nichts!", rief der alte Mann dem Pärchen zu.

Immer mehr Tauben kamen angeflogen.

Die Nachricht von der unerwarteten Futterstelle musste sich unter den Oldenburger Tauben in Sekundenschnelle herumgesprochen haben.

Gierig begannen sie auf die Teigkrümel einzupicken, flatterten hektisch um den Tisch herum und gurrten aufgeregt.

Die Bedienung, die das Treiben des alten Mannes von drinnen beobachtete, kam herausgelaufen und stürmte zu seinem Tisch.

Die Tauben wurden hektisch, einige von ihnen suchten Zuflucht in der Luft oder auf dem Dach des gegenüberliegenden Hauses.

Die Bedienung wollte den alten Mann zur Rede stellen, ihm das Füttern verbieten, doch der alte Mann legte den Zeigefinger an den Mund und bat sie wortlos, zu schweigen.

Die Bedienung brauchte einen Augenblick, bis ihr ernstes Gesicht einen fragenden Ausdruck bekam.

Erst als der alte Mann auf die Stopptaste des Kassettenrecorders drückte, erlaubte sie sich die Frage, was er da trieb.

„Für meine Frau", sagte der alte Mann in ruhigem Ton, ohne eine weitere Erklärung abzugeben.

Er verstaute sein Mikrofon und den Recorder wieder in seine Reisetasche, und noch ehe die Bedienung nachhaken konnte, hörte sie hinter sich das Pärchen nach der Rechnung rufen.

Der alte Mann zahlte ebenfalls, legte für den unausgesprochenen Ärger, den er verursacht hatte, fünf Euro Trinkgeld auf den Tisch und machte sich auf den Weg zu seiner nächsten Station.

*

Es war kurz nach zehn Uhr, als der alte Mann das Weinkontor in der Gaststraße betrat.

Er war vor ein paar Tagen im Kontor gewesen und hatte nach einem bestimmten Wein gefragt.

Der Inhaber des Weinkontors hatte ihm versichert, dass er sein Bestes geben würde, um ihm diesen ganz speziellen Wein zu besorgen.

Er schien es geschafft zu haben, denn kaum hatte der alte Mann den Laden betreten, griff er hinter sich ins Regal und stellte eine dunkelgrüne Flasche auf den Tresen.

Der alte Mann betrachtete das Etikett und nickte zufrieden.

„Soll es ein Geschenk sein?", fragte der Inhaber.

„Ja", antwortete der alte Mann und sah, wie der Weinhändler einen Bogen Geschenkpapier holte.

„Nein, nein, das ist sehr nett, aber nicht nötig. Ich nehme die Flasche so mit."

Der alte Mann steckte die Flasche in die Reisetasche. Dann bezahlte er, wünschte einen schönen Tag und verließ das Weinkontor.

*

Einen letzten Zwischenstopp hatte der alte Mann auf seinem Weg ins Krankenhaus noch zu absolvieren. Dann würde er endlich alles beisammen haben.

In der Wallstraße steuerte er das „New York, New York", ein italienisches Restaurans, an.

Dort hatte er oft mit Anna gegessen.

Sie hatte so gern die unzähligen Bilder angesehen, die die Wände des Restaurant schmückten. Stundenlang konnte sie, ohne ein Wort zu sagen, dasitzen und sich die Bilder der Filmstars, der Sänger aus längst vergangenen Zeiten und die Ansichtskarten aus italienischen Regionen ansehen. Luigi, einer der Kellner, sah den alten Mann schon von Weitem die Treppen hinunter ins Restaurant kommen. Wie ein verschollen geglaubtes Familienmitglied wurde der alte Mann von Luigi begrüßt. Er schaute über die Schulter des alten Mannes und fragte.

„Kommt Deine Frau auch gleich?"

Der alte Mann schüttelte den Kopf.

„Nein, heute nicht."

„Was willst Du haben?", kam der Kellner zum geschäftlichen Teil. Er zeigte auf den Speiseraum.

„Setz Dich irgendwo hin. Noch kannst Du auswählen. Noch ist alles frei."

„Nein, heute will ich etwas zum Mitnehmen bestellen. Kannst Du mir eine Pizza mit extra dick Salami und Peperoni machen?"

„Aber natürlich. Du hast es eilig?"

„Nein, lass dir nur Zeit", winkte der alte Mann ab und schaute sich um. Er betrachtete die Bilder an den Wänden, als würde er sie heute zum ersten Mal sehen.

Nach einer knappen viertel Stunde verließ der alte Mann mit einem Pappkarton in einer Tüte den Italiener.

Auf dem Weg zum Krankenhaus genoss er den Duft der frisch gebackenen Pizza, der ihm in die Nase stieg.

*

Es war fast Mittag, als der alte Mann mit Reisetasche in der einen und mit Pizzakarton in der anderen Hand den lichtdurchfluteten Eingangsbereich des Krankenhauses in Kreyenbrück betrat.

Kaum war er am Empfangsschalter vorbeigegangen, an dem er sich schon lange nicht mehr anmelden brauchte, kam ihm der behandelnde Arzt entgegen.

„Schön, dass Sie da sind", begrüßte ihn der Arzt und schaute auf das Gepäck des alten Mannes.

„Was haben Sie denn da alles mitgebracht?"

„Ach, nur ein paar Sachen für meine Frau!", entgegnete er fast gleichgültig und hob die Tüte mit dem Pizzakarton hoch.

„Das ist für mich, habe heute noch nichts gegessen. Ich dachte, wenn ich gleich bei Anna bin, bekomme ich vielleicht etwas Appetit."

Der Arzt nickte.

„Verstehe."

Dann räusperte er sich und schaute den alten Mann direkt in die Augen.

„Wir haben gestern noch ein paar Tests an Ihrer Frau unternommen. Ihr Immunsystem wird immer schwächer. Die Hirnblutung vor zwei Tagen konnten wir zwar stoppen, doch sie hat mehr Schaden angerichtet, als wir anfangs dachten."

Der Arzt atmete tief durch. Auch wenn es nicht das erste Gespräch dieser Art war, schien es ihm doch auf gewisse Weise nahe zu gehen.

„Ich habe Sie heute Morgen angerufen, weil man im Stadium der Krankheit Ihrer Frau nie wissen kann. Jeden Moment kann es zu Ende gehen."

Der alte Mann nickte stumm.

„Kann ich zu ihr? Allein?", fragte er.

„Natürlich. Lassen Sie sich so viel Zeit, wie Sie brauchen. Wenn etwas Ungewöhnliches passiert, Sie wissen ja, wo der Rufknopf ist."

„Ja, das weiß ich", bestätigte der alte Mann dem Arzt und ging auf den Fahrstuhl zu, der ihn in die zweite Etage bringen würde.

Der alte Mann bemerkte nicht, wie der Arzt ihm noch einen Augenblick hinterhersah. Mit seinem Gepäck wirkte er auf ihn, als wäre er auf einem Flughafen direkt auf dem Weg zum Abfertigungsschalter.

*

Der Anblick seiner Frau, die an Geräten angeschlossen, bewegungslos im Bett lag, schockierte ihn nicht mehr.

Den Piepton des Herzfrequenzgerätes hörte er kaum noch.

Der alte Mann setzte sich neben Annas Bett auf einen Stuhl. Still schaute er in ihr Gesicht, auf die Augenlider, die schon so lange geschlossen waren und sich nie wieder öffnen würden.

111

Er beugte sich zu ihr und gab ihr zur Begrüßung einen Kuss auf die Wange.

„Da bin ich!", sagte er in heiterem Ton.

„Heute werde ich mein Versprechen einlösen. Es wird nicht ganz so, wie wir es uns vorgestellt hatten, aber ich habe an alles gedacht, Du wirst schon sehen."

Der alte Mann packte den Kassettenrecorder aus, holte den Wein, einen Korkenzieher und zwei Weingläser aus der Reisetasche.

Ganz zum Schluss zog er eine Rotlicht- Lampe aus der Tasche und schloss sie an eine der freien Steckdosen an. Als die Lampe zu leuchten begann, richtete er sie direkt auf Annas Gesicht.

„Weißt du noch, damals auf der Piazza San Marco, als wir vor dem Café Florian saßen und uns die Sonne ins Gesicht schien?

Du hast nicht einmal die Augen geschlossen, weil du so begeistert von der Architektur der Gebäude rund um den Platz warst. Ich weiß noch, wie Du die Architektur der Basilika di San Marco bewundertest. Du warst so fasziniert von dem riesigen Glockenturm."

Der alte Mann schaltete den Recorder an.

„Die Tauben, die auf der Suche nach fütternden Touristen um uns herumflogen."

Der alte Mann schwieg einen Moment, damit seine Frau das Gurren und Flügelschlagen der Tauben hören konnte.

„Du liebtest das Café Florian mit seinen ovalen Marmortischen und die mit rotem Samt bezogenen Stühle."

Der alte Mann lachte.

Er sah sich tatsächlich mit Anna in Venedig auf der Piazza San Marco.

Das weiß getünchte Krankenhauszimmer verschwamm unter seinen Tränen. Er griff zum Pizzakarton, öffnete ihn und legte ihn vorsichtig in Brusthöhe auf Annas Bettdecke.

„Erinnerst Du Dich an die riesige Pizza mit extra dick Salami und scharfen Peperoni? Du hattest immer nur die Hälfte geschafft und doch jeden Tag die gleiche große Pizza bestellt."

Der alte Mann öffnete mit dem Korkenzieher die Weinflasche und goss ihnen beiden ein.

Ihr Glas stellte er auf Kopfhöhe auf den Nachtschrank, sein Glas behielt er in der Hand.

Er prostete ihr zu.

„Auf die Erinnerungen. Auf Venedig!"

Er trank einen Schluck Wein, dann fuhr er fort.

„Das war dein Lieblingswein in dieser Woche in Venedig, erinnerst Du Dich?"

Der alte Mann schaute auf das schwarz-goldene Etikett.

„Kannst Du Dich noch an seinen Namen erinnern?"

Er schwieg einen Moment, als wolle er ihr kurz die Gelegenheit geben nachzudenken, um ihm dann den Namen zu nennen.

„Ja, ein Silvio Frizzante. Du fandest, er duftet so aromatisch.

Er trank einen Schluck und stellte sein Glas zu Annas Glas auf den Nachtschrank. Dann lehnte er sich auf dem Stuhl zurück. Der wenige Wein war ihm etwas in den Kopf gestiegen, doch es war kein unangenehmes Gefühl. Vielmehr half es ihm dabei, die Erinnerungen wachzurufen, als er die Augen schloss.

Wieder sah der alte Mann sich mit Anna zusammen in Venedig durch die unzähligen Gassen bummeln. Gott, wie jung sie damals waren. Sie waren zwanzig, die ganze Welt stand ihnen offen, das Leben lag vor ihnen, schien nur auf sie zu warten.

Der alte Mann öffnete die Augen, stand auf und nahm den Karton mit der Pizza vom Bett.

„Rutsch mal!", forderte er seine Frau auf, als könne sie sich bewegen.

Ohne die Schläuche zu beachten, beugte er sich mit dem Oberkörper zu ihr, schmiegte den Kopf an den ihren und sog den Duft ihrer Haut ein. Er nahm die Hand, in der keine Infusionsnadel steckte, umschloss sie vorsichtig, um sie an seinem Mund zu führen.

Erneut schloss er die Augen. Er hörte das Gurren der Tauben, roch die Pizza, den Wein und spürte die Wärme des Rotlichts in seinem Gesicht.

„So ist es gut", flüsterte er und lauschte auf den kaum hörbaren Atem seiner Frau.

*

Die diensthabende Schwester betrat mit eiligen Schritten das Zimmer.

Warum hatte der alte Mann nicht den Notknopf gedrückt, fragte sie sich still. Schon im Flur konnte man das durchdringende Piepen des Gerätes hören, das anzeigte, dass das Herz der Frau aufgehört hatte zu schlagen. Plötzlich blieb sie stehen.

Eine weitere Schwester, die ihrer Vorgesetzten zur Hilfe kommen wollte, blieb ebenfalls neben ihr stehen und schaute sie unsicher an.

„Sollen wir nicht…?"

„Nicht mehr nötig", unterbrach die Schwester ihre Kollegin.

Beide schauten auf den Recorder, der stumm neben dem Bett lag. Sie nahmen den Duft nach kaltem Fett wahr, der von dem offenen Pizzakarton zu kommen schien. Dann sahen sie den alten Mann, der ruhig atmend neben seiner Frau im Bett lag.

„Müssen wir nicht wenigstens das Gerät…, ich meine…?"

„Ja, stellen Sie das Gerät ab."

Obwohl die diensthabende Schwester nicht ahnen konnte, dass der alte Mann vor vierzig Jahren mit seiner Frau an einer Mauer in Venedig gestanden hatte, dass die Frau im Moment des größten Glücks sich zu dem Mann gewendet und gesagt hatte:

„Wenn ich eines Tages erfahren sollte, dass ich nicht mehr lange zu leben habe, versprich mir, dass wir dann noch einmal nach Venedig reisen."

Dass der junge Mann die junge Frau zärtlich angelächelt hatte, ihr einen Kuss gab und ihr antwortete:

„Ich verspreche es Dir, was auch kommen mag."

Obwohl die Schwester von all dem keine Ahnung hatte, flüsterte sie ihrer Kollegin leise zu:

„Egal, wo die Beiden gerade sind, wir sollten sie dort noch ein paar Minuten verweilen lassen."

IM BRUCHTEIL EINER SEKUNDE

Kommissar: „Warum haben Sie ihn nicht verlassen?"

Susanne: „Weil alles gut ging, eine Zeit lang jedenfalls."

Kommissar: „Und was passierte dann?"

Susanne: „Dann sah ich wieder diesen Ausdruck in seinen Augen."

Kommissar: „Was für einen Ausdruck?"

Susanne: „Der Ausdruck, der Dir sagt:
Du hast zu lange mit dem Postboten geredet oder die Eier sind keine fünf Minuten im kochenden Wasser gewesen.

Dann, wie aus heiterem Himmel, ohne Vorankündigung, schlägt er Dich.

Irgendetwas in Dir glaubt, dass er recht hat, dass Du die Schuld an allem trägst.

Wenn er Dir dann zum ersten Mal schwört, dass er es nie wieder tun wird, dann glaubst Du ihm.

Mit der Zeit wird Dir nur noch die Angst bleiben und die Furcht, nicht zu wissen, wie das alles enden soll.

Doch dann kommt der Moment der Ausweglosigkeit und im Bruchteil einer Sekunde ist nichts mehr wie es war."

*

Susanne Wolters stand am Flurfenster neben der Haustür und schaute hinter der Gardine versteckt hinaus auf die schneebedeckte Straße vorm Haus.

Es war kurz vor zwanzig Uhr.

Jeden Moment musste ihr Mann kommen.

Sie hatte sich angewöhnt, ihn zu beobachten, wenn er auf der kurzen Auffahrt vorm Haus parkte und aus dem Auto stieg.

Sie konnte ihm manchmal die Laune vom Gesicht ablesen und wenn ihr das nicht gelang, dann waren seine Schritte ein untrügliches Zeichen für seinen Gemütszustand.

Seinem Gesicht konnte er eine falsche Mine aufsetzen, doch seine Schritte verrieten ihn immer.

Wenn er mit kleinen, langsamen Schritten aufs Haus zuging, war er müde, in sich gekehrt und es bestand keine Gefahr, doch wenn er mit großen Schritten auf die Haustür zusteuerte, war er aufgewühlt und sie musste aufpassen, dass sie seine angestaute Wut mit einem unbedachten Wort oder einer falschen Geste nicht zur Explosion brachte.

Susanne schob die Ärmel ihres Pullovers herunter und verdeckte die blauen Flecken, die noch nicht abgeheilt waren.

Sie lebte mit ihnen, als wären sie wie eine Operationsnarbe, die den Körper ein Leben lang zeichnet. Schon lange hatte sie sich abgewöhnt, sich am Morgen im Bad lange im Spiegel zu betrachten.

Sie wusste auch so, dass sie mit ihren vierzig Jahren zehn Jahre älter aussah und es sinnlos war, ständig zu versuchen, die Schwellungen unter ihren Augen mit Eisbeuteln zu kühlen.

Sie wusste es nicht mehr genau, konnte sich oder wollte sich nicht daran erinnern, wann es in ihrer fünfzehnjährigen Ehe angefangen hatte, dass sie es ihrem Mann nicht mehr recht machen konnte.

Erst dachte sie, dass er ein Tief durchlebte, als man ihn vor ein paar Jahren von heute auf morgen aus einer leitenden Stelle in einer Bremer Exportfirma entlassen hatte.

Sie hatte ihn zu beschwichtigen versucht, ihm versichert, dass es ganz bestimmt nicht an ihm gelegen habe, dass man ihn nicht mehr brauchte.

Das Blatt schien sich vor einem Jahr zu wenden, als er ganz unerwartet eine leitende Stelle in einem Baumarkt in Oldenburg bekommen hatte.

Schnell hatte er dieses Haus im Harreweg gekauft.

Er hatte es teuer sanieren lassen.

Ein Kredit hatte den anderen gejagt, doch sie hatte keine Einwände erhoben, denn sie hatte geglaubt, er wolle ihnen ein schönes Heim herrichten.

Ein Heim, in dem er endlich zur Ruhe kommen würde.

Doch seit Monaten schlug er sie wieder.

Oft unterhielten sie sich über seine Arbeit, die Nachbarn oder wie sie den Tag verbracht hatte.

Dann plötzlich ohne Vorwarnung unterbrach er kurz das Gespräch mit ihr, versetzte ihr wahllos ein paar Schläge, um kurz darauf in dem begonnenen, ruhigen Ton das Gespräch fortzusetzen.

Susanne hatte oft Mühe, sich auf seine Worte zu konzentrieren, weil sie nach Luft rang, sich die schmerzenden Stellen rieb.

Ab und an entschuldigte er sich für die Schläge, sagte ihr, dass er ihr das nicht wirklich antun wolle, doch sie sei selber Schuld daran. Sie sei es, die ihn immer wieder wütend mache.

Susanne hatte sich oft gefragt, wie sie ihm eine gute Ehefrau sein könne, wie sie es fertig bringen könne, ihm keinen Grund zurm Ärgernis zu geben.

Manchmal saß sie in der Stube im Sessel, blätterte in den alten Fotoalben und sah sich ihre Hochzeitsfotos an. Dann sehnte sie sich in die Zeit zurück, in der sie frisch verliebt gewesen waren.

Dann wusste sie wieder, dass es eine bessere Zeit gegeben hatte.

*

Das dumpfe Geräusch einer Autotür, die zuschlagen wurde, riss Susanne plötzlich aus den Gedanken. Doch für eine heimliche Beobachtung war es zu spät. Ihr Mann stand bereits vor der Haustür. Sie wusste nicht, in welcher Verfassung er heute nach Hause kam. Sicherheitshalber rannte sie in die Küche, ließ heißes Wasser ins Spülbecken und holte ein paar saubere Teller aus dem Schrank, die sie zu säubern begann. Er sollte ihr nicht nachsagen können, dass sie den ganzen Tag nutzlos im Haus zugebracht hatte.

Klaus Wolters öffnete die Haustür, blieb in der Tür stehen und rief Susanne zu sich.

Als sie an die Tür kam, sah sie, wie er mit dem Zeigefinger auf die Hecke zeigte, die den kleinen Vorgarten umgab.

„Kannst Du mir erklären, was das zu bedeuten hat?"

Susanne schaute auf das Durcheinander im Vorgarten.

Der Topf, den sie mit Tannenzweigen und Moos dekoriert hatte, lag umgeworfen im Schnee.

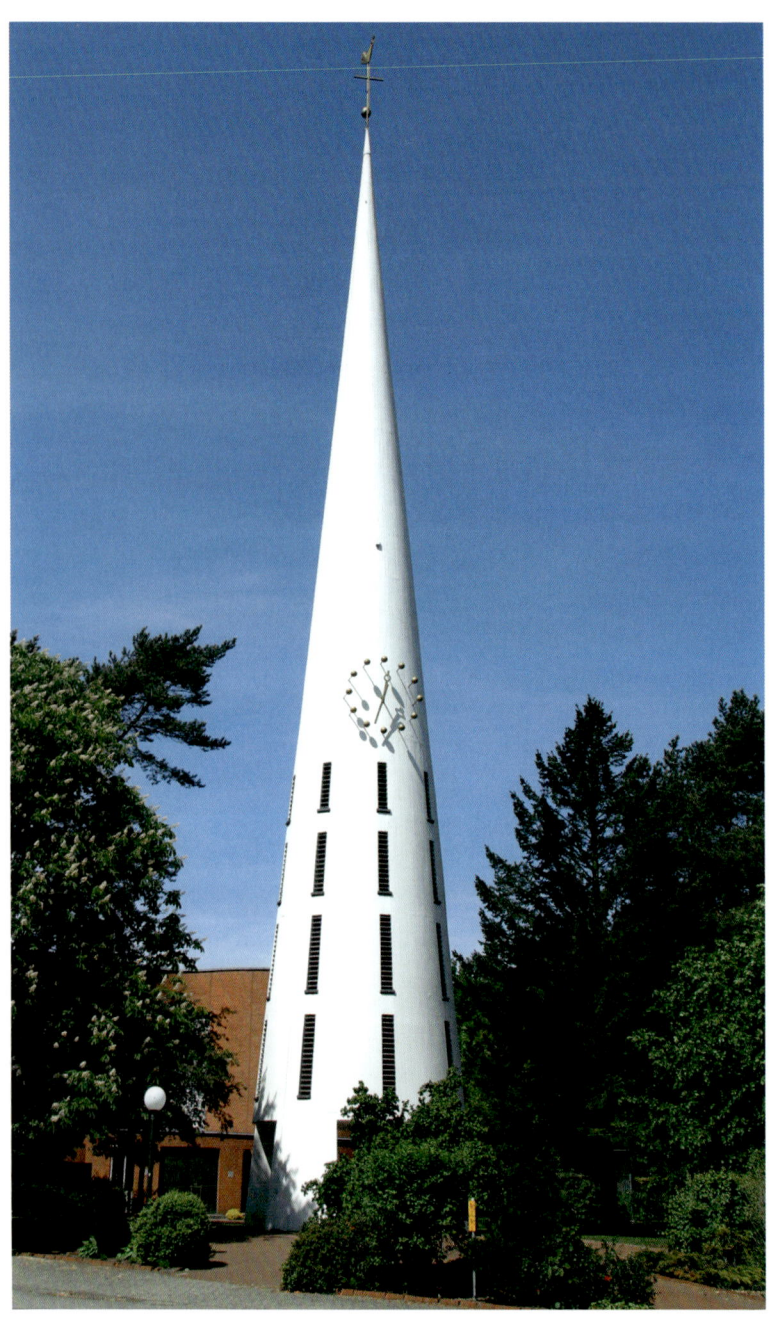

Die Weihnachtslichterkette, die sie in die Hecke gesteckt hatte, war heruntergerissen worden.

„Das muss Carlo, der Teckel unserer Nachbarin gewesen sein!", verteidigte sie sich und warf sich im Stillen vor, das Chaos nicht früher bemerkt zu haben.

In den Augen ihres Mannes würde es so aussehen, als hätte sie das Chaos extra für ihn veranstaltet, um ihn zu ärgern.

„Und Du hast es nicht fertig gebracht den Hund einzufangen?" Susannes Mann holte tief Luft.

„Und wenn Dir das schon nicht gelungen ist, warum hast Du es nicht für nötig befunden, alles wieder in Ordnung zu bringen?"

Susanne zog es vor, zu schweigen und seine Schimpftiraden über sich ergehen zu lassen.

Plötzlich tauchte Carlo auf, so plötzlich, als hätte sie ihn gerufen, um ihre Behauptung zu bestätigen.

Klaus sah den Hund und wollte ihn einfangen.

Doch je mehr er sich dem Hund näherte, desto weiter entfernte sich der Hund, indem er rückwärts durch den Schnee ging, ohne Klaus aus den Augen zu lassen.

Als sich Klaus zu Carlo hinunter beugte, begann der Hund kläffend um ihn herum zu springen.

Susanne unterdrückte ein Lachen.

Sie freute sich an dem Schauspiel, wie der Hund versuchte, ihren Mann auszutricksen.

Doch dann bemerkte Klaus das Lächeln auf Susannes Lippen und sah sie mit zusammengekniffenen Augen an.

„Was stehst Du denn so nutzlos herum? Hol eine Scheibe Wurst zum Anlocken."

Susanne verschwand im Haus und kam kurz darauf mit einer Scheibe Jagdwurst in der Hand zurück.

Susanne hoffte, dass der Hund die Wurst mochte.

Kurz darauf hielt ihr Mann den Hund in den Armen und machte sich auf den Weg zur Nachbarin, die ihn am eigenen Gartenzaun bereits zu erwarten schien.

„Da ist ja mein kleiner Carlo. Ich hab Dich schon überall gesucht!", rief Frau Steinke überrascht aus. Wolters ging lächelnd auf die alte Frau zu und strich Carlo liebevoll übers kurze Fell.

„Er war bei uns im Vorgarten!", erklärte Wolters sie auf. Frau Steinke schaute ihren Nachbarn besorgt an. „Er hat doch wohl nichts angestellt? Wenn doch, werde ich natürlich für den eventuell entstandenen Schaden aufkommen!"

Wolters schüttelte den Kopf und legte ihr den Hund behutsam wie ein neugeborenes Kind in die Arme.

„Nein, da machen Sie sich mal keine Sorgen!"

Frau Steinke nickte, strich Carlos liebevoll über den Kopf, der seinerseits den Kopf sicherheitshalber wegdrehte, als ginge ihn das alles nichts an.

„Ständig reißt er sich von der alten Leine an der Hundehütte! los", erklärte Frau Steinke ihm.

„Ich habe zwar eine neue stabilere Leine gekauft, aber mit meinen alten, gichtgeplagten Händen kann ich nicht mehr so richtig zupacken."

„Warum haben Sie das denn nicht gleich gesagt?", fragte Wolters. Keine zehn Minuten später hatte er die neue Leine an der Hundehütte angebracht. Carlo gefiel die eingeschränkte Bewegungsfreiheit ganz und gar nicht.

Unruhig lief er hin und her.

Wolters zwinkerte ihm beim Weggehen freundlich zu.

Frau Steinke versicherte ihm nochmals, wie nett es von ihm gewesen sei, dass er ihr so schnell zur Hand gegangen sei.

Susanne hatte alles von der Haustür aus beobachtet.

Als ihr Mann Frau Steinke den Rücken zudrehte, verfinsterte sich Wolters Gesichtsausdruck erneut.

Susanne ging ins Haus und stellte in der Küche das fertige Essen auf den Tisch.

Sie hatte Kohlrouladen für ihn gemacht, die mochte er so gern.

Als er in den Flur trat, rief sie:

„Das Essen ist fertig! Es gibt dein Lieblingsessen!", rief sie ihm zu.

„Deine Kohlrouladen kannst Du Dir sonstwohin schieben!", rief er kurz zurück.

Ohne ein weiteres Wort verschwand er im Büro im ersten Stock.

Susanne stellte das Essen in den Herd und ging in die Stube.

Dort schaltete sie den Fernseher ein.

Der Appetit war ihr vergangen.

Sie hoffte, dass er sich für heute nicht mehr blicken ließ.

Wenn sie Glück hatte, trank er sich jetzt einen an und schlief auf dem Sofa im Arbeitszimmer ein.

*

Es war nach Mitternacht, als Susanne aus dem Schlaf schreckte.

Sie hörte Schritte auf der Treppe.

Ihr Mann schien nach unten zu gehen.

Er war dabei nicht leise.

Susanne schloss daraus, dass er dem Whisky reichlich zugesprochen hatte.

Doch was wollte er unten im Haus?

Susanne schlich leise an das Schlafzimmerfenster und erkannte die dunklen Umrisse ihres Mannes, der mit einer dicken Jacke bekleidet aus der Tür trat.

Sie sah, wie er sich bückte und etwas hochhob.

Susanne öffnete vorsichtig das Fenster.

Kalte Winterluft schlug ihr ins Gesicht und ließ sie frösteln.

Jetzt erkannte sie, dass ihr Mann den Hund der Nachbarin in den Armen hielt.

Er musste sich erneut von der Leine losgerissen haben.

Diesmal hatte er scheinbar keine Mühe gehabt, den Hund einzufangen.

Verspielt steckte Carlo die Nase unter Wolters Achselhöhle.

Doch diesmal streichelte er den Hund nicht und hielt ihn stattdessen fester als nötig im Arm.

Susanne sah, wie sich ihr Mann dem Nachbarhaus näherte und auf die Hundehütte zuging.

Sie sah, wie er sich nach unten beugte.

Sie vermutete, dass er den Hund kurz absetzen wollte, um ihn wieder anzuleinen.

Doch dann nahm er den Kopf des Hundes von hinten in die Hand und bewegte ihn ruckartig zur Seite.

Lautlos kippte der Hundekopf nach vorn.

Susanne schrak beim Anblick dieses Bildes zusammen, trat zwei Schritte vom Fenster weg und konnte nur im letzten Moment verhindern, dass sie gegen den Nachttisch stieß.

Wolters ließ den leblosen Hund wie eine heiße Kartoffel auf den Schnee fallen und machte sich auf den Weg zurück nach Hause.

*

Susanne stand im ersten Stock am Treppengeländer und schaute vorsichtig nach unten.

Sie sah ihren Mann gerade noch im Bad verschwinden.

Ohne darüber nachzudenken, ging sie die Treppe nach unten und lauschte an der geschlossenen Tür. Sie hörte Wasser rauschen. Sie stellte sich vor, wie Klaus sich die Hände mit Seife schrubbte, wie er versuchte, sich von seiner Tat reinzuwaschen.

Plötzlich und unerwartet öffnete sich die Tür.

Ihr Mann hätte sie fast umgerannt, wenn sie nicht einen Ausfallschritt gemacht hätte.

„Was willst Du?", herrschte er sie an.

„Wo warst Du?", entgegnete sie, statt seine Frage zu beantworten.

„Das geht Dich nichts an. Kümmere Dich um deinen eigenen Kram."

Er nahm eine bedrohliche Körperhaltung an. Normalerweise hätte sie sich jetzt aus dem Staub gemacht, solange es noch möglich war, bevor er die Hand zum Schlag erhob.

Doch diesmal wich sie ihm nicht aus.

„Du warst draußen, mit Carlo. Was hast Du mit ihm gemacht?"

Sie wusste es, doch sie wollte es aus seinem eigenen Mund hören, hören, dass er vor kaum zehn Minuten ohne Skrupel einen Hund den Hals umgedreht hatte.

„Lass` mich in Ruhe, oder haben wir uns heute auf eine Konfrontation eingestellt? Hast Du Dir Mut angetrunken?"

Ihr Mann beugte sich zu ihr, als wolle er riechen, ob sie etwas getrunken hatte.

Susanne drehte den Kopf zur Seite.

Dann schaute sie ihm fest in die Augen.

„Du hast Carlo einfach so umgebracht. Kannst Du mir erklären wieso?"

„Was willst Du von mir? Du willst Dich mit mir anlegen, Du?"

Jetzt lachte er laut auf.

„Wenn Du nicht gleich verschwindest, gibt es was!", drohte er ihr.

„Du bist ein Scheusal, ein gemeiner Mörder!", schimpfte sie und wunderte sich, woher sie den Mut für diese Anklage nahm.

Ohne Vorwarnung schlug er sie mitten ins Gesicht.

Susanne drückte sich die Hand an die Nase und sah, wie das Blut auf den Fußboden tropfte.

„Du Schwein!", rief sie.

Der nächste Schlag traf sie gegen den Kopf. Sie taumelte für einen Augenblick, sah, wie er bedrohlich vor ihr stand. Im Bruchteil einer Sekunde fragte sie sich, ob er auch bei ihr so weit gehen würde. War er in der Lage, auch ihr einfach so den Hals umzudrehen? Ein weiterer Schlag traf sie in den Magen.

Susanne sackte zusammen, ging auf die Knie.

Sie schnappte nach Luft, versuchte den Kopf zu heben, um die Gefahr einzuschätzen. Mühsam zog sie sich an der Flurgarderobe nach oben. Mit ein paar Schritten gelangte sie in die Küche.

Ihr Mann folgte ihr. Die Hand zum nächsten Schlag erhoben.

„Na, hast Du Spaß daran? Macht es Dir Spaß, mir Paroli zu bieten?"

Susanne sah das Messer neben der Spüle.

Ein großes Küchenmesser mit gezackter Klinge.

Ihr Mann war noch zwei Schritte von ihr entfernt.

Sie spürte bereits seinen Atem, er stand direkt vor ihr.

Susanne dachte nicht nach. Es war die Angst, die nackte Angst, die sie das Messer ergreifen und es gegen ihren Mann richten ließ. Als er tot auf dem Küchenboden lag, stieg sie über ihn hinweg. Im Flur griff sie zum Telefon und wählte die Nummer der Polizei. „Guten Abend. Mein Name ist Susanne Wolters, ich habe gerade meinen Mann umgebracht. Schicken Sie doch einen Streifenwagen vorbei. Ich warte hier auf Sie. Die Haustür ist nur angelehnt, Sie können ungehindert reinkommen."

*

Kommissar: „Sie hätten um Hilfe rufen können!"

Susanne: „Nein, nicht in meinem Zustand. Und glauben Sie wirklich, dass jemand aus der Nachbarschaft gehandelt hätte?"

Kommissar: „Sie hätten es versuchen können!"

Susanne: „Nicht in diesem Augenblick. Ich habe das Messer gesehen, es in die Hand genommen und dann habe ich einfach zugestochen.

„Einmal, zweimal, immer und immer wieder.

Ein Stich für die Platzwunden, ein Stich für jede Schwellung an meinem Körper, ein Stich für all die Jahre der Qual, Angst und seelischen Unterdrückung. Nehmen Sie es mir nicht übel, aber nach jedem Stich fühlte ich mich erleichtert."

Kommissar: „Ihr Mann war nach dem zweiten Stich bereits tödlich verletzt."

Susanne: „Ich weiß nicht, wie man einen Menschen effektiv mit einem Messer tötet."

Kommissar: „Das glaube ich Ihnen."

Susanne: „Was wird nun? Werde ich als Mörderin verurteilt?"

Kommissar: „Ich denke nicht, dass es kaltblütiger Mord war. Vielleicht wird es auf Notwehr hinauslaufen. Aber darauf kommt es ihnen nicht an."

Susanne: „Nein."

Kommissar: „Habe ich mir gedacht. Sie werden jetzt in Untersuchungshaft kommen. Soll man Ihnen ein paar Sachen aus dem Haus bringen?"

Susanne: „Nein. Aber ich habe etwas Geld bei mir. Wenn jemand so freundlich wäre, mir ein paar neue Sachen zu kaufen. Kommissar: „Gut, ich werde eine Beamtin darum bitten. Aber jetzt sollten Sie sich etwas hinlegen."

Susanne: „Ja, das sollte ich wohl. Morgen ist ja auch noch ein Tag."

Kommissar: „Sie haben Recht. Morgen beginnt ein neuer Tag, aber kein neues Leben."

Susanne: „Ich weiß!"

SCHALL UND RAUCH

Seit zwanzig Jahren war Georg Bauch Wirt in der „Bierpfütze", einer kleinen Kneipe direkt an der Nadorster Straße. Schon sein Vater hatte hier hinter dem Tresen gestanden. Doch die Zeiten von damals konnte er mit denen von heute nicht mehr vergleichen.

Noch vor ein paar Jahren gab es mehr Gäste, die schnell mal ein Bier bei ihm getrunken hatten oder sich über eine Bockwurst oder ein Brot mit warmen Leberkäse gefreut hatten.

Seit das Nichtraucherschutzgesetz vor sieben Jahren in Kraft getreten war, waren die Gäste ausgeblieben, die gern nach dem Essen mal eine Pfeife oder Zigarette geraucht hatten.

Seine Kneipe bestand nur aus einem großen Raum mit fünf Tischen, einer Theke und im Hinterraum einer kleinen Küche. Er musste sich entscheiden, was er machen sollte. Einen weiteren Raum, um die Nichtraucher von den Rauchern zu trennen, gab es nicht. Er hatte sich für eine Nichtraucherkneipe entschieden.

Nur eine Ausnahme ließ er durchgehen.

Im Keller bei den Bierfässern hatte er einen runden Tisch aufgestellt, an dem jeden Freitag drei alte Freunde ihre Skatrunde klopften. Er kannte Ernst, Fred und August seit der Schulzeit. Sie gehörten zu seinem Leben wie die gusseiserne Pfanne, die er auch schon über zwanzig Jahre benutzte, um darin die leckeren Gerichte zu brutzeln.

Nach dem Tod von Kathleen, seiner Frau, vor einem Jahr waren ihm seine drei Kumpels eine Stütze gewesen. Auch wenn er mit der heimlichen Skatrunde im Keller, bei der nach Herzenslust geraucht werden durfte, gegen sämtliche Auflagen verstieß, seine drei alten Freunde würde er niemals vor die Tür setzen, dann konnte er die Bierpfütze gleich schließen.

*

Georg stand hinterm Tresen und polierte die letzten Biergläser. In einer halben Stunde würde er seine Kneipe öffnen.

Heute war Mittwoch und er rechnete nicht mit vielen Gästen. Dennoch, den Laden nicht zu öffnen, würde einer Kapitulation gleichkommen.

Zum Glück hatte er das Haus, in dem sich seine Kneipe im unteren Teil befand, hypothekenfrei von seinen Eltern geerbt.

Georg schaute durch eines der beiden Fenster auf die Nadorster Straße, auf der der Berufsverkehr zunahm.

Doch viele der Pendler wollten nur so schnell wie möglich nach Hause.

Ein Zwischenstopp in seiner Kneipe stand nicht auf ihrer Tagesordnung.

Georg wollte gerade in die Küche gehen, um die Kaffeemaschine anzustellen, als das Telefon klingelte.

„Zur Bierpfütze, was kann ich für Sie tun?", meldete er sich und hörte eine ihm wohlvertraute Stimme.

Es war Carla, eine alte Freundin seiner verstorbenen Frau, die schon so lange beim Ordnungsamt arbeitete, wie er hinter dem Tresen stand.

„Hallo, Georg, ich wollte Dir nur schnell mitteilen, dass Heinz gerade das Gebäude verlassen hat und auf dem Weg zu Dir ist."

Georg holte tief Luft.

Er war dankbar für Carlas Hinweis, doch die Vorstellung, dass Heinz in dieser Woche schon zum zweiten Mal bei ihm vorbeischauen wollte, brachte das Blut in seinen Adern zum Kochen.

„Ich danke Dir, Carla. Dann habe ich ja heute noch etwas, worauf ich mich freuen kann", spottete er.

„Du weißt ja, wie er ist und warum er das macht."

Georg nickte. Er wusste, dass seine Frau ihrer Freundin vom schwierigen Verhältnis zwischen Georg und Heinz erzählt hatte.

Das Schlimme war nur, dass die ganze Sache schon über zwanzig Jahre her war. Und Heinz nie begriff, dass er sich mit seiner verqueren Ansicht über den Ablauf der damaligen Ereignisse hoffnungslos verrannt hatte.

Georg bedankte sich bei Carla und legte auf.

Diesmal beließ er es nicht dabei, untätig auf Heinz zu warten.

Für dieses Treffen hatte er einen Plan. Es würde ganz allein in Heinz` Händen liegen, wie sein Besuch enden würde.

*

Während Georg die „Bierpfütze" aufschloss, noch einmal überprüfte, dass alles für seine Gäste vorbereitet war, ertappte er sich dabei, wie seine Gedanken abdrifteten, und plötzlich sah er sich wieder als kleinen Jungen, der schüchtern am Zaun des Schulhofes stand und darauf wartete, dass Kathleen, die in die siebte Klasse ging, endlich Schulschluss hatte.

Es war ein warmer, sonniger Tag im Mai, daran konnte er sich erinnern, so wie an all die anderen Dinge, die an jenem Tag sein Leben beeinflussen sollten.

*

Georg trat ungeduldig von einem Bein aufs andere. Als die Schulklingel ertönte, schrak er zusammen. Er spürte, wie ihm das Blut ins Gesicht schoss, als er Kathleen mit ihrem Schulranzen aus dem Gebäude kommen sah.

Tausend Mal hatte er sich die passenden Worte zurechtgelegt, sie immer wieder laut vor sich hingesagt, um zu hören, dass er sich auch nicht zum Narren machte. Heute war es also so weit. Georg holte noch einmal tief Luft, strich sich durch das blonde Haar und verstellt Kathleen den Weg, als sie das Tor des Schulhofes passierte.

„Hallo!", grinste er Kathleen an.

„Sag mal, hast Du Lust mit mir ein Eis essen zu gehen? Wir könnten in den Schlosspark gehen, uns auf eine Bank am Teich setzen und die Enten und Schwäne beobachten!", sprudelte es aus ihm heraus.

Kathleen schaute ihn überrascht an. Sie zögerte einen Moment mit der Antwort, einen Moment zu lang, dachte Georg still, der seine Felle schon davon schwimmen sah.

Bitte, sag ja, bitte, flüsterte er im Stillen und wiederholte seine Bitte wie ein Mantra.

„Ich muss nach Hause, haben ziemlich viel Hausaufgaben auf!", hörte er sie sagen und ihm kam es vor, als würde sich der Boden unter seinen neuen Turnschuhen auftun.

„Das dauert auch nicht lange und wenn Du willst, kann ich Dir ja auch bei den Hausaufgaben helfen!", schlug er vor und spürte im selben Augenblick, in dem er seine Worte selber hörte, dass er garantiert zu weit gegangen war.

„Nein, das brauchst Du nicht!"

„Was jetzt?" Georg schaute sie mit großen Augen an.

„Mir bei den Hausaufgaben zu helfen.", half sie ihm auf die Sprünge.

„Also hast du Zeit, ich gebe auch das Eis aus."

Jetzt grinste Kathleen und sie hatte Mitleid mit Georg, der sich alle Mühe gab, eine Verabredung mit ihr zu bekommen.

Sie hatte ihn schon öfter auf dem Schulhof gesehen. Er ging mit Heinz in die neunte Klasse, was sie spannend fand, vielleicht hätte sie Georg über Heinz ausfragen können. Vielleicht wusste er etwas, das Heinz ihr noch nicht erzählt hatte. Und dennoch war Georg nicht der Junge, mit dem sie unbedingt ein Eis hätte essen wollen.

Er schien nett, aber vielleicht auch ein bisschen zu langweilig für ihren Geschmack.

Heinz war cool, hatte schon ein Moped und wenn ihr das Ding nicht so gefährlich vorgekommen wäre, hätte sie längst schon zugestimmt, mit ihm eine Spritztour zu machen. Oft genug hatte er sie schon gefragt.

Sie stand auf Heinz und er auf sie, doch sein Ruf, dass er jedes Mädchen bezirzte, hatte in ihr die roten Warnleuchten aufblinken lassen. Auch mit ihren vierzehn Jahren wusste sie, dass ein Junge, der nur zwei Jahre älter war als sie, oft nur das eine im Kopf hatte. Kathleen war das alles noch zu früh, dennoch ging sie heimlich mit Heinz.

Ihre Eltern wären im Dreieck gesprungen, hätten sie nur die leiseste Ahnung davon.

Ihre Treffen fanden heimlich statt und sie hütete sich, bei allem, was sie tat, dass jemand sie mit dem Draufgänger Heinz in Verbindung bringen konnte.

Vielleicht war es ja gar nicht so schlecht, hier, wo es jeder sehen konnte, mit dem schüchternen Georg ein Treffen einzugehen.

„Also gut, aber nur auf ein Eis!", gab Kathleen plötzlich Georgs Drängen nach.

Georg strahlte übers ganze Gesicht und nahm ihr die Schultasche ab. Beschwingt machte sich Georg mit Kathleen an seiner Seite in Richtung Schlosspark auf.

Keiner von beiden bemerkte, dass Heinz sich im gleichen Augenblick hinter einer Hausecke versteckte und den Beiden argwöhnisch nachschaute. Er hatte Kathleen von der Schule abholen wollen. Auch wenn sie davon nicht wirklich begeistert gewesen wäre, so fand er, dass es Zeit war, sich endlich öffentlich zu Kathleen als seine Freundin zu bekennen.

*

Kathleen und Georg saßen auf einer Bank im Schlosspark und schauten auf den kleinen See vor ihnen, auf dem sich ein Entenpaar zankte. Georg fühlte sich wohl so dicht neben Kathleen. Sie hatten ihr Eis längst aufgegessen. Georg befürchtete, dass sie nun bald aufspringen würde. Er war nicht der große Unterhalter, grübelte immer lange darüber nach, was er Kathleen als nächstes fragen könnte. So war zwischen ihnen in der letzten halben Stunde kein richtiges Gespäch in Gang gekommen. Georg bemerkte, wie Kathleen ungeduldig auf der Bank herumrutschte. Georg ahnte, dass der unvermeidliche Abschied kurz bevorstand.

Plötzlich stand Kathleen auf und schaute ihn mit entschuldigender Miene an.

„Es war sehr schön hier, aber ich muss jetzt los. Du weißt ja, die Hausaufgaben rufen."

Georg nickte, erhob sich ebenfalls von der Bank und schaute sie fragend an.

„Soll ich Dich noch nach Hause bringen?"

Kathleen schüttelte den Kopf.

„Nein, nicht nötig. Also,mach es mal gut!"

Georg war den Tränen nahe. Er war kein Dummkopf, wusste, das dieses erste Treffen nicht gut gelaufen war.

Und Kathleen signalisierte ihm nicht, dass sie Lust hatte, sich noch ein weiteres Mal mit ihm zu treffen.

„Ja, mach`s gut und danke!"

Wieder grinste Kathleen.

„Schon in Ordnung. Ich habe zu danken, für das Eis. Also man sieht sich..."

„Ja, man sieht sich!", erwiderte Georg einfallslos und schaute ihr nach, als sie ging.

Georg stand gedankenversunken vor der Bank, als er eine ihm wohlvertraute Stimme hinter sich hörte.

„Hey, Alter, das kannst Du Dir echt abschminken!", hörte er Heinz hinter sich hämisch sagen.

Georg drehte sich um und da spürte er schon einen dumpfen Schmerz in der Bauchgegend. Georg rang nach Luft.

„Was soll das?", keuchte er und wich einem weiteren Schlag im letzten Moment aus, weil er sich vor Schmerzen nach vorne beugte.

Heinz riskierte keinen weiteren Luftschlag. Jetzt warf er sich auf ihn. Er boxte ihn gegen die Schulter. Ein weiterer Schlag traf Georg auf die Nase, die ein gefährliches Geräusch von sich gab.

Während er hoffnungslos versuchte, den Schlägen auszuweichen oder ihre Wucht wenigsten abzumildern, hörte er Heinz immer wieder sagen:

„Du kleiner Schlappschwanz, wenn ich Dich noch einmal in der Nähe meiner Freundin sehe, dann mach ich Dich alle!"

Georg ergab sich, spürte, wie seine Muskeln schwächer wurden. Er sah keine Chance, sich gegen Heinz zu wehren. Sollte er doch mit ihm machen, was er wollte. Nicht nur diesen Kampf hatte er verloren. Plötzlich ließ Heinz von ihm ab. Er schien keine Lust auf einen Kampf zu haben, bei dem der Gegner sich nicht wehrte.

Zum Abschluss trat er ihm mit dem Fuß noch einmal kräftig in die Seite, dann ließ er ihn am Boden hinter der Parkbank liegen.

Mit sich und seiner Manneskraft zufrieden, entfernte er sich von Georg, der noch immer stöhnend am Boden lag. Hätte er sich nur noch einmal umgedreht, hätte er Kathleen gesehen, die hinter einem Baum gestanden und vor Entsetzen die Hände vor den Mund gehalten hatte. Sie war zurückgekommen, weil sie ihre Schultasche vergessen hatte, die noch immer unter der Bank stand.

Jetzt löste sie sich aus ihre Lethargie und rannte zu Georg, der versuchte, sich mühevoll zu erheben.

„Oh mein Gott, dieser Mistkerl. Wie geht es Dir?"

Georg kniete auf der Erde, hielt sich die blutende Nase.

Kathleen suchte nach ihrem Taschentuch, hielt es ihm hin, doch Georg wollte von ihrer Hilfe nichts wissen.

„Du brauchst mir nicht zu helfen. Geh nur, dann wirst du deinen Freund noch einholen. Hast Du ihn geschickt, um mir eine Lektion zu erteilen? Hättest Du nicht einfach sagen können, dass Du keinen

Bock auf meine Gesellschaft hast? Das Du in mir nur einen unbe-
holfenen Schlappschwanz siehst?"

„Erzähl` doch so etwas nicht. So war das nicht. Ich wusste nicht,
dass Heinz hier ist. Er muss uns gesehen und dann verfolgt haben!",
rang Kathleen nach einer Erklärung.

„Ist ja auch egal!", stöhnte Georg und kam endlich auf die Beine.
Mit einem Arm stützte er sich auf der Rückenlehne der Bank auf.

„Geh`, geh` einfach!", forderte er Kathleen auf.

„Du kannst stolz auf deinen Schlägerfreund sein. Geh` endlich!"

Kathleen wusste nicht, wie sie ihn beruhigen, ihm erklären sollte,
dass sie genauso entsetzt über Heinz war, wie er. Doch im Moment
hielt sie es für das Beste, den Rückzug anzutreten.

„Kann ich nichts für Dich tun?"

Georg schüttelte den Kopf.

„Nein, mir kann keiner helfen, nun hau` schon ab!"

*

Georg hatte ein mulmiges Gefühl, wenn er an damals dachte. Er
konnte die Gefühle der Enttäuschung und Erniedrigung ohne Zögern
abrufen.

Kathleen war am nächsten Tag zum Krankenbesuch gekommen und
seit diesem Tag nicht mehr von seiner Seite gewichen.

Heinz hatte nicht verstanden, warum Kathleen nichts mehr vom ihm
wissen wollte. Er gab Georg die Schuld, weil er glaubte, dass er sie gegen ihn aufgehetzt hatte, indem er ihr von der Schlägerei erzählt hatte.

Bis zum heutigen Tag hatte Heinz ihm diese Erklärung nicht abgenommen, bis zum heutigen Tag war es Georg auch egal gewesen, was
Heinz darüber dachte.

Doch die Sticheleien, die er nach dem Tod von Kathleen wieder mit
ihm angefangen hatten, mussten endlich ein Ende haben.

*

Georg holte tief Luft, als er Heinz die „Bierpfütze" betreten sah. Wie immer war er akkurat gekleidet. Doch Georg ließ sich von dem schwarzen Anzug, den polierten Lackschuhen und der Krawatte nicht täuschen. Natürlich würde Heinz keine erneute Schlägerei mit ihm anfangen. Er war viel zu schlau, sich zu solch einer unbedachten Handlung hinreißen zu lassen.

Er nutzte ganz einfach seine Position als Mitarbeiter im Ordnungsamt, um Georg das Leben schwer zu machen.

Georg kam hinter der Theke hervor, sah, wie Heinz die Umgebung musterte.

„Hallo, Heinz, na, wieder auf Jagd?", versuchte er einen Witz, um die Atmosphäre aufzulockern.

Heinz beachtete ihn kaum, schaute nach hinten in die Küche, als er in gelassenem Ton erklärte:

„Du weißt, dass ich in meiner Position als Mitarbeiter des Ordnungsamtes nach Verstößen gegen das Nichtraucherschutzgesetz suchen muss?"

Georg hob die Augenbrauen. Als ob ihm das nicht klar war! Heinz hielt es ihm in letzter Zeit fast wöchentlich unter die Nase. Die Schikane schien Heinz eine innere Befriedigung zu geben. Doch diesmal wollte Georg das Feld nicht kampflos räumen. Er stellte sich Heinz in den Weg und erklärte:

„Ich weiß, dass dir die Überprüfung eigendlich scheißegal ist. Dir geht es nicht um das Gesetz, Dir geht es darum, mich zu schikanieren. Aber der Grund liegt lange zurück."

Georg athemete tief durch.

„Kannst Du die alte Geschichte nicht endlich vergessen? Du weißt, dass Kathleen noch nicht lange unter der Erde ist und wenn sie wüsste, was Du hier für eine Nummer abziehst, nur weil Du die alten Geister nicht verjagen kannst, dann..."

„Dann was?", fuhr ihm Heinz ins Wort.

„Dann würde sie mir die Hölle heiß machen und mich rausschmeißen?" Heinz lachte auf und nickte.

„Ja, das kann ich mir gut vorstellen, Du hast ja auch genug Zeit gehabt, um sie zu manipulieren."

„Ich habe sie nicht manipuliert, nicht damals und zu keinem anderen Zeitpunkt."

„Ach, was Du nicht sagst und du meinst, ich glaube Dir das?"

Heinz holte tief Luft, hoffte, von irgendwo her ein Hauch von Zigarettenqualm zu riechen.

„Du hast sie schon damals gegen mich aufgehetzt, als Du ihr erzählt hast, wie wir uns geschlagen haben."

„Nein, das brauchte ich nicht!"

Heinz schaute Georg abwartend an.

„Wie meinst du das?"

„Sie hat unsere Schlägerei mit eigenen Augen gesehen. Sie war zurückgekommen, weil sie ihre Schultasche unter der Bank im Park vergessen hatte. Sie sah mit eigenen Augen, wie Du auf mich eingeschlagen hast!"

Heinz lachte in sich hinein und verzog geringschätzig den Mund.

„Und Du meinst, dass glaube ich Dir? Das hast Du Dir fein ausgedacht, aber ich glaube Dir kein Wort."

Georg hob die Schultern und ging zurück hinter den Tresen. Es war sinnlos, Heinz von der Wahrheit überzeugen zu wollen, er hatte sich seine eigene Wahrheit zurechtgelegt und dachte nicht im Traum daran, nur ein kleines Stück davon infrage zu stellen.

Plötzlich, wie aus dem nichts, hörten die beiden Männer eine Gemurmel von Stimmen. Heinz horchte auf. „Was sind das für Stimmen?"

Georg tat so, als hörte er nichts, doch dann wurden die Stimmen lauter.

„Na dann, GUT HOLZ! Ernst, du hast heute eine Auge auf August. Ich habe den Eindruck, dass er bescheißt."

Heinz grinste, schaute zur Tür, die in den Keller führte. Als er sie öffnete, wurden die Stimmen lauter.

„Wusste ich es doch. Deine alten Schulfreunde, spielen im Keller Skat und wenn ich mich nicht irre, ist das Rauch, der hier gerade nach oben steigt, Zigarettenrauch."

Georg schüttelte den Kopf.

„Nein, im Keller ist keiner. Ich habe Ernst, August und Wilhelms Stimmen beim letzten Skat-Spiel vor einer Woche aufgenommen. Die Stimmen kommen aus einer Box im Keller."

„Na klar!", erwiderte Heinz und sah Georg an, als wäre dieser nicht ganz dicht im Kopf.

„Sag mal, für wie blöd hälst Du mich?"

Heinz betrat die Treppe nach unten.

„Da würde ich an deiner Stelle nicht runter gehen, dass ist gefährlich!" warnte ihn Georg.

Heinz winkte ab.

„Gib dir keine Mühe, Du bist im Arsch. Das gibt eine Ordnungsbuße, von der Du dich nicht mehr erholen wirst."

„Heinz, pass auf, du solltest nicht auf die Treppenstufen treten, die sind rutschig."

„Verarschen kann ich mich selber", hörte Georg Heinz wütend sagen.

Polternd flog Heinz die Treppe hinunter. Georg sah, wie Heinz vergeblich versuchte, irgendwo Halt zu finden, doch er musste wohl erst im letzten Augenblick bemerkt haben, dass Georg das Geländer abgeschraubt hatte.

Georg ging zur Kellertür. Er schaute die Treppe hinunter, an deren untersten Stufe Heinz reglos am Boden lag.

Georg hob gleichgültig die Schultern, ging zur Theke und rief den Notfallwagen an.

Er würde fünf Minuten haben, um die Stereoanlage aus dem Keller zu holen und die Zigarette, die in einem Aschenbecher auf einem der Bierfässer langsam abbrannte, zu beseitigen.

Als Georg an dem leblosen Körper von Heinz vorbeiging und die Stufen nach oben erklomm, dachte er bei sich:

„Wenn er ihm doch nur einmal im Leben geglaubt hätte, dann läge er nicht dort auf dem staubigen Betonfußboden. Aber seine Sturheit und die Unfähigkeit, die Vergangenheit abhaken zu können, hatte ihn das Leben gekostet."

Als Georg die Sirene eines Rettungswagens hörte, stellte er sich vor seine Kneipe an die Straße und machte die Sanitäter mit erhobenen Armen auf sich aufmerksam.

138

FLAMMENDE LIEBE

Katja fühlte sich wie vor den Kopf geschlagen, seit sie am frühen Morgen aus der Innenstadt zurückgekommen war.

Sie schwankte zwischen Selbstvorwürfen und der Einsicht, dass es wohl Schicksal gewesen war, als sie ihr Weg nach ihren Einkäufen ins FLORIAN, einem Café am Marktplatz, geführt hatte. Sie wollte nur kurz austreten gehen, als sich ihr Blick an einem der Tische verfing. Sie erkannte ihren Mann erst auf den zweiten Blick. Vielleicht lag es an der Körpersprache, die so viel Zärtlichkeit ausstrahlte oder an dem Lächeln, das er der Frau, die ihm gegenüber saß, schenkte.

Katja hatte sich schnell abgewant, versprach ihrer Blase, nach einer anderen schnellen Lösung zu suchen und verließ das FLORIAN so schnell, wie sie gekommen war.

Bei einem Bäcker neben der Hirschapotheke fand sie Erleichterung. Doch ein neues Dilemma machte sich in ihr breit.

Ein Druck, der plötzlich ihre Brust zusammenzudrücken schien, ließ sie traurig nach Hause fahren.

In den letzten zehn Jahren ihrer Ehe mit Maik hatte sie sich ab und an beim Abwaschen vorgestellt, wie es sein würde, wenn sich ihre Lebenswege eines Tages trennen würden.

Doch all` ihre Vorstellungen kamen nicht an das Gefühl heran, das sich nun in ihr breit machte.

Sie war froh, dass Maik erst am späten Nachmittag nach Hause kommen würde. Sie brauchte die Zeit, um sich darüber klar zu werden, wie sie auf diese unfreiwillige Entdeckung reagieren sollte.

*

Zwei Stunden später nahm Katja den Telefonhörer in die Hand und wählte die Nummer ihrer Freundin Vera.

Nach dem vierten Klingelzeichen hörte sie Veras Stimme in der Leitung.

„Vera Brüning?"

„Hallo Vera, hier ist Katja!", meldete sie sich in gedrückter Stimmung.

„Was ist los?", fragte ihre Freundin.

„Hast Du Zeit kurz vorbeizukommen?"

Katja glaubte ein Zögern zu bemerken, doch dann hörte sie Vera sagen:

„Aber klar. So wie Du Dich anhörst, kannst Du wohl besser schon mal eine Flasche Wein kalt stellen."

„Ist schon geschehen! Und danke...!"

„Wozu sind Freundinnen denn da? Also bis gleich."

Katja legte den Hörer auf und ging hinaus in den Garten. Genüsslich sog sie die Luft in sich auf und lauschte dem Zwitschern der Vögel.

Wie friedlich alles schien, dabei tobte in ihr immer noch ein Sturm.

Ihre Freundin würde in zehn Minuten da sein. Sie wohnte nicht weit vom Dillweg.

Schon oft hatte sich die Nähe zu ihrer Freundin bewährt. Wie oft hatten sie sich schon abends auf ein Schwätzchen getroffen. Wenn eine von ihnen in der Innenstadt wohnen würde, glich ein gegenseitiger Besuch fast einer kleinen Weltreise.

Katja ging ins Haus, holte die Weinflasche aus dem Kühlschrank und stellte zwei Gläser auf den schmiedeeisernen Gartentisch.

Keine zehn Minuten später klingelte es an der Tür. Katja ließ Vera hinein und führte sie hinaus in den Garten.

„Was ist denn los?", fragte Vera und übernahm die Aufgabe ihnen Wein einzuschenken.

„Maik betrügt mich!", ließ sie die Bombe platzen. Gleichzeitig mit dieser Bekanntgabe ließ Vera vor Schreck ihr Glas auf die Terrassenfliesen fallen. „Oh, Mist. Tut mir leid, aber das ist ja wohl der Knaller. Bist Du Dir sicher?"

Katja nickte und ging nach drinnen, um einen Handfeger und ein Kehrblech zu holen.

„Das kannst Du laut sagen."

Katja kehrte die Glasscherben von der Terrasse und ließ das Kehrzeug neben der Terrassentür auf dem Boden liegen.

„Wie bist Du dahinter gekommen?", wollte Vera wissen und ergriff das neue Glas, das Katja ihr reichte. „Ich habe sie zufällig bei Kaffee Klinge gesehen, als ich vor zwei Tagen nach meinem Frauenarzttermin noch einen Kaffee trinken gehen wollte.

„In aller Öffentlichkeit? Das nenne ich mal skrupellos. Und, weißt Du wer sie ist?"

„Ja, sie heißt Annemarie. Ist eine seiner Arbeitskolleginnen."

„Bist Du sicher, das Du ihn nicht bei einem Arbeitstermin gesehen hast?"

„Ja, habe ich auch erst gedacht, aber leider hat Maik nicht die Angewohnheit, seine Nachrichten auf dem Smartphone zu löschen."

Vera schaute sie mit offenem Mund an.

„Ich kann es einfach nicht glauben."

Katja holte tief Luft und schenkte sich Wein nach.

„Was hast Du nun vor?"

Katja grinste.

„Er will sich heute Abend mit Annemarie am großen Bornhorster See treffen. Und stell Dir vor, er hat ihr versprochen, mit ihr im Zelt zu übernachten."

Vera wusste, auf was sie anspielte. Aus Katjas Erzählungen wusste sie, dass Maik ihrer Freundin vor zehn Jahren nach einer Nacht im Zelt am Bornhorster See einen Heiratsantrag gemacht hatte.

„Das ist ja echt unverschämt."

„Ich werde dort auftauchen und ihnen den Abend versauen, das bin ich mir schuldig."

„Gute Idee!", lachte Vera und stieß mit Katja an.

„Hast Du was dagegen, wenn ich Dir dabei zur Seite stehe?"

Katja hob unschlüssig die Schultern.

„Wenn Du willst, kannst Du gern vorbeikommen!"

„Mach ich. Diesen Spaß lass ich mir nicht entgehen."

Beide Frauen stießen noch einmal miteinander an, dann hatte es Vera plötzlich eilig.

„Angesichts des Ereignisses, das uns heute Abend noch bevorsteht, werde ich mich mal vom Acker machen. Wir sehen uns dann später am See."

Mit diesen Worten verabschiedete sich Vera von Katja. Diesmal nahm sie den schnelleren Weg durch den Garten.

Katja ging mit den leeren Gläsern ins Haus zurück.

Im Kühlschrank wartete eine weitere Flasche Wein, die Lieblingssorte ihres Mannes.

*

Maik kam wie jeden Tag um siebzehn Uhr nach Hause. Doch diesmal begrüßte ihn seine Frau nicht wie sonst am gedeckten Abendbrottisch, sondern bereits im Eingangsflur.

Er hatte kaum seine Jacke ausgezogen und die Aktentasche abgestellt, als sie ihm schon ein Glas mit seinem Lieblingswein hinhielt.Verdutzt nahm er das Glas entgegen.

„Gibt es etwas zu feiern?", fragte er und schien in Gedanken sämtliche Jubiläen abzurufen.

„Ja, klar doch. Es gibt einen besonderen Anlass und Du weißt doch, dass man besondere Momente stets feierlich begehen sollte.

Maik hob die Augenbrauen. Er hatte keinen blassen Schimmer, auf was Katja hinaus wollte.

„Heute ist der Tag, an dem ich herausbekommen habe, dass Du mich betrügst!"

Sie stieß gegen sein Glas, ohne von ihrem Wein zu trinken. Auch Maik schien in der Bewegung zu erstarren.

„Nun mach nicht so große Augen. Ich weiß, wer sie ist und möchte Dich bitten, ihren Namen nicht in meiner Gegenwart zu erwähnen."

Sie zeigte auf ihr Glas.

„Allerdings hatten wir beide ja eine Abmachung", sagte sie kühl und schluckte den dicken Kloß in ihrem Hals hinunter.

„Ich erinnere mich, Du wolltest mich erschießen, wenn ich Dich heimlich betrügen sollte...."

Katja lachte laut auf.

„Ja, stimmt, aber das war vor zehn Jahren und wie ich jetzt zugeben muss, etwas melodramatisch."

Katja holte tief Luft.

„Naja, eigentlich hättest Du es verdient, denn den ersten Punkt, dass wir sofort miteinander reden, sollten wir jemanden kennenlernen, von dem wird glauben, dass es was Ernstes werden könnte, hast du einfach übersprungen. Aber ich will keine Spielverderberin sein und mich an die Abmachung halten."

Maik schaute Katja abwartend an. Im Stillen ärgerte sie sich über Maiks passive Haltung. Er stand da wie ein kleiner Junge, den man bei Stehlen erwischt hatte.

„Wir werden wie abgemacht ohne großes Theater auseinandergehen", sagte sie und zeigte auf die Haustür.

„Allerdings möchte ich, dass Du sofort verschwindest."

Katja schenkte ihm im Stehen noch etwas Wein nach.

Maik, der nicht wusste, was er sagen sollte, trank sein Glas in einem Zug leer.

„Um alles andere werden wir uns später Gedanken machen müssen. Doch für den Augenblick möchte ich lieber alleine sein, das wirst Du doch verstehen?"

Maik nickte. Katja hatte den Eindruck, dass Maik ihrem Vorschlag nichts entgegenzusetzen hatte. Sie drehte sich auf der Stelle um und ließ ihn allein im Flur zurück. Katja ging nach oben ins Schlafzimmer, legte sich ins Bett. *Der Tag hat es wirklich in sich gehabt*, dachte sie still bei sich und schloss für einen Moment die Augen. Wenn sie etwas verdient hatte, dann war es etwas Ruhe.

*

146

Katja stand an ihrem alten Volkswagen gelehnt und beobachtete die Enten, die in kleinen Gruppen auf der Wasseroberfläche des Bornhorster Sees landeten. Sanft umspielte der Wind das Schilf am Ufer. Der Tag neigte sich dem Ende entgegen und eine melancholische Stille senkte sich über die Landschaft.

Katja hatte eine Thermoskanne mit Tee im Wagen, die sie nun holte, als sie von weitem ihre Freundin mit dem Fahrrad ankommen sah. Mit einer Hand am Lenkrad winkte sie ihr von Weitem zu. Als sie Katja erreicht hatte, warf sie das Fahrrad achtlos ins Gras.

„Und, ist diese Annemarie mit Maik schon aufgetaucht?"

Katja antwortete nicht gleich, zeigte aber auf einen blaues Zelt, das nicht weit von ihnen am Seeufer stand.

„Nein, aber Maik ist schon da. Er scheint alles für ihr Stelldichein vorzubereiten."

Vera nickte und betrachtete Katja, die vor sich einen dampfenden Becher Tee hielt.

„Willst Du auch einen Tee?", fragte sie Vera. Dankbar nickte sie und Katja verschwand kurz im Auto.

Wenig später rief sie Vera zu:

„Komm setze dich auf die Beifahrerseite, dann können wir uns besser unterhalten."

„Gute Idee!", sagte Vera und rieb sich die Hände.

„Wenn die Sonne verschwunden ist, wird es doch noch ganz schön kalt."

„Wir haben April, nicht Hochsommer!", entgegnete Katja und grinste sie allwissend an. Vera setzte sich ins Auto und nahm den warmen Becher von Katja dankbar an. Vera begann, den schwarzen Tee in kleinen Schlucken zu trinken. In die Stille hinein, fragte Katja plötzlich: „Sag mal, warum hast Du mir nicht erzählt, dass Du mich mit Maik betrügst?"

Diese Frage traf Vera so unverhofft, als hätte man ihr mit dem Hammer auf den Kopf geschlagen.

„Was, was sagst Du da...?"

„Versuche es bitte nicht abzustreiten. Bitte, hab` wenigstens so viel Mumm in den Knochen, mir nicht ins Gesicht zu lügen. Deine naive Vorstellung von heute Nachmittag hat mir wirklich gelangt."

Vera rang nach Worten und schaute Katja mit entsetztem Blick an..

„Die Geschichte mit der angeblichen Annemarie im Cafe` Klinge war also gelogen? Warum hast Du mir das erzählt?" fragte Vera im weinerlichen Ton.

Katja grinste böse.

„Damit ich Dich genau da habe, wo Du jetzt bist!"

„Das heißt, du hast gewollt, dass ich jetzt mit Dir hier im Auto sitze?"

„Genau so ist es."

„Aber warum? Was hast Du vor?"

Vera fiel es zunehmend schwerer, einen klaren Kopf zu behalten.

„Was macht man mit einer angeblichen Freundin, die mit dem Mann ihr besten Freundin schläft? Was glaubt du?"

„In die Wüste schicken?", schlug Vera vor und rutschte ein Stück von Katjas Seite weg.

„Na, das ist vielleicht die falsche Richtung."

„Ich verstehe kein Wort", entgegnete Vera. Sie versuchte den Türgriff zu umklammern, machte sich bereit, aus dem Wagen zu springen und wegzulaufen, doch irgendetwas hinderte sie daran.

„Was ist mit Maik? Lässt Du ihn davonkommen, weil Du mit ihm verheiratet bist?"

Katja schüttelte den Kopf.

„Nein, mein Liebe, um ihn brauchst Du Dir keine Sorgen zu machen. Maik überlasse ich ganz Dir."

Vera hatte plötzlich große Mühe, die Augen offen zu halten.

„Was hast Du vor?", hörte sie sich lallen, als hätte sie zu viel Alkohol getrunken.

„Das willst du nicht wissen."

Vera versuchte vergeblich den Türgriff herunterzudrücken. Das Letzte, was sie noch fühlte, bevor sie einschlief, war das kalte Glas der Fensterscheibe, gegen das ihr Kopf fiel.

*

Katja stieg aus dem Auto, ging zur Beifahrerseite und zog Vera aus dem Auto.

Sie ist leichter, als ich dachte, ging es Katja durch den Kopf, als sie ihre einstmals beste Freundin zum Zelt zog.

Ihrem Mann hatte sie die gleiche hohe Dosis an Schlaftabletten

wie Vera gegeben. Sie hatte ihm die Dosis in den Wein geschüttet, den sie ihm nach seiner Heimkehr im Flur gereicht hatte. Dort hatte sie ihn auch ohnmächtig vorgefunden, als sie nach ihrem zweistündigen Schlaf wieder nach unten gekommen war.

Nun legte sie Vera neben Maik und wickelte sie, wie ihren Ehemann zuvor, in eine warme Wolldecke.

Für einen Augenblick schaute sie auf die beiden.

So hatte sie vor zehn Jahren neben ihm im Zelt gelegen, als er ihr den Heiratsantrag gemacht und sie sich wie zwei Ausgehungerte geliebt hatten. Ihr schien das alles schon eine Ewigkeit her zu sein. Katja fuhr sich mit den Händen übers Gesicht, als wollte sie die Er-

innerungen an die schöne Zeit wegwischen. All` die schönen Momente schienen auf einmal nichts mehr wert zu sein. Ein letztes Mal schaute sie auf Vera und Maik und plötzlich sah sie nur zwei Menschen, die sie betrogen und belogen hatten. Mit jedem Schritt, den sie sich vom Zelt entfernte ließ sie eine Ehe und eine Freundschaft hinter sich, die keinen Wert mehr gehabt hatten.

Doch Katja ging noch nicht zurück zum Auto. Zwei Meter neben dem Zelt blieb sie stehen und zog ein Feuerzeug aus ihrer Hosentasche.

Sie bückte sich zu dem Holzstapel, den sie gesammelt hatte und hielt die Flamme des Feuerzeugs an das Papier, das sie zum Anzünden mitten in den Haufen geknüllt hatte.

Schnell griffen die kleinen Flammen auf das trockene Ried und reckten sich in die dunkler werdende Nacht. Der Wind stand günstig, blies die Flammen, die nun immer größer wurden, gegen das Zelt.

Die ersten kleinen Flammen fraßen sich bereits am unteren Rande des Zeltes nach oben.

Ungerührt machte sich Katja auf den Weg zum Auto.

Als sie den Wagen startete, stand ein Teil des Zeltes bereits in Flammen.

Da bekommt der Begriff „Flammende Liebe" mal eine ganz andere Bedeutung, dachte sie voller Hohn, wendete den Wagen und fuhr nach Hause.

AUF HALBER STRECKE

Max war aufgeregt. Noch nie hatte er sich auf solch eine Sache eingelassen, doch es musste sein. Er wollte nach all' den Wochen und dem Grübeln und Tüfteln endlich ein erstes Ergebnis vorweisen. Es würde das erste Rennen sein und Einfluss auf alle weiteren haben.

Er wusste nicht mehr, wie oft er die Strecke vom Pferdemarkt über die Stadtteile Nadorst und Ofenerdiek bis zum Fliegerhorst, abgefahren war.

Er hatte sich mehr als einmal in den Bus gesetzt und sich während der Fahrt die Bushaltestellen, Ampeln und Kurven auf einem Block notiert.

Heute, an diesem sonnigen Freitag, dem 13.02.2015 sollte es geschehen.

Zur Verstärkung hatte er seine Freundin Ines gefragt, ob sie bei diesem Rennen dabei sein wolle. Sie hatte prompt zugesagt. In den letzten Wochen hatte sie hautnah mitbekommen, wie viel Arbeit er in dieses Rennen gelegt hatte. Eine Ablehnung ihrerseits wäre einem Verrat an ihre Beziehung gleichgekommen.

*

Max hatte sich zusammen mit Ines für einen roten Audi A4, Baujahr 1997, entschieden. Es besaß 420 PS und beschleunigte in 4,9 Sekunden von 0 auf 100 km/h. Das musste fürs Erste reichen.

Max überprüfte die Tankanzeige, ließ einen letzten Blick über das Armaturenbrett schweifen, bevor er das Auto startete.

Der Dieselmotor schnurrte sanft. Er würde die Fahrt langsam angehen lassen und dann alles geben.

Langsam rollte er vom Parkplatz des Pferdemarktes. Bis zum Anfang der Nadorster Straße musste er im Kreisel noch zwei Ampeln beachten, bevor es endlich losgehen konnte.

Als sein Wagen die Kriegerstraße passierte, begann er zu beschleunigen. Er tourte seinen Wagen auf 80km/h hoch.

Dann, als hätte man ihm ein unsichtbares Signal gegeben, drehte er voll auf.

Die erste Ampel hinter der Lüttichstraße passierte er bei grün, die nächste Ampel schaffte er gerade noch bei gelb.

Die dritte Ampel vor der Autobahnabfahrt Richtung Bremen passierte er bei rot und musste im letzten Augenblick einem Lkw ausweichen.

Die Bremsen quietschten. Er hatte kein Problem, die Gewalt über den Wagen zu behalten. An der Ampel hinter der Bushaltestelle Flötenstraße rammte er einen alten Mercedes am Heck. Der Mercedes begann sich zu drehen, doch Max Auto hatte keinen sichtlichen Schaden genommen. Max lachte, spürte, wie das Adrenalin in seinen Körper schoss.

„Geil, einfach nur geil!", rief er und nahm Kurs auf die nächste rote Ampel. Wie ein Rennfahrer, bog er nach links in den Esskamp ein. Max ließ das Hupen der anderen aufgebrachten Autofahrer kalt.

Er beschleunigte auf 100km/h, denn er hatte für einen kurzen Augenblick eine gerade Strecke vor sich. Ines hielt nicht zum ersten Mal die Luft an, sagte aber nichts. Dann, wie aus einer Laune heraus, steuerte Max direkt auf die Bushaltestelle „Käthe-Kollwitz-Straße" zu und rammte mit einem Rechtsschlenker einen Abfallbehälter, der dröhnend in die Luft flog. Ines sah noch, wie er in einem der Vorgärten eines Einfamilienhauses auf dem Rasen aufschlug.

„Wahnsinn!", jubelte Max.

„Das kann man wohl sagen!", stimmte ihm seine Freundin zu und hielt die Luft an.

„Denk` an die nächste Rechtskurve in den Scheideweg. Rechts ist die Fröbelschule!"

„Ja, ich weiß", entgegnete Max und anstatt vom Gas zu gehen, gab er noch einmal Speed.

Bei der Kurve in den Scheideweg hatte er zum ersten Mal Mühe, sich auf der Straße zu halten. Er raste über den Bürgersteig. Ein Vorfahrtsschild knickte beim Zusammenstoß mit dem Audi wie ein Streichholz zur Seite.

Plötzlich zeigte Ines auf den Rückspiegel.

Zwei Polizeiwagen waren aus einer Seitenstraße herausgekommen und verfolgten sie mit Sirenengeheul.

„Fast wie in einem Aktionfilm!", freute sich Max und gab Gas.

Als er nach einer leichten Rechtskurve in den Bürgerbuschweg einbog, machte das Herz von Max einen Sprung vor Freude.

An beiden Seiten standen Biotonnen zur Abholung bereit.

Max riss das Lenkrad abwechselnd zu beiden Seiten, versuchte so viele Tonnen wie möglich umzuschmeißen.

Der Biomüll begann sich auf dem Gehweg und der Straße auszubreiten. Einer der Streifenwagen hinter ihnen kam ins Schlingern. Der zweite Wagen überholte seinen Kollegen und heftete sich ans Heck von Max` Wagen.

Die Ampel am Spreenweg war ausgeschaltet.

Ines schien es, als würde sich Max darüber ärgern.

Eine letzte Linkskurve folgte, bevor der alte Bahnhof Ofenerdiek in Sichtweite kam.

Max gab noch einmal Stoff, hielt sich am Steilkamp in der Straßenmitte. Der Streifenwagen hinter ihm versuchte, Max zu überholen, doch Max hielt sich tapfer.

Dann, ohne Vorwarnung riss Max an der nächsten Ampel das Steuer nach links und raste auf den Bahnübergang zu.

Zu spät erkannte Max seinen Fehler, denn die Schranken schlossen sich, und als Max sie erreichte, knallte er direkt gegen sie. Die Streifenwagen hielten zu beiden Seiten des Audis. Enttäuscht lehnte sich Max auf seinem Sitz zurück und ließ das Lenkrad los. Ines atmete tief durch, schien froh zu sein, das die Fahrt zu Ende war.

Max wandte sich an seine Freundin.

„Schade, eigentlich sollte die Fahrt erst am Fliegerhorst enden, aber naja, vielleicht beim nächsten Mal."

*

Max schaute auf den Computerbildschirm, sah auf die Polizeiwagen, die noch immer ihr Blaulicht leuchten ließen.

Ines hatte die Punkte für die rot überfahrenen Ampeln und für die umgefahrenen Mülltonnen zusammengezählt.

„Zweitausenddreihundert Punkte hast du bis zum Bahnhof Ofenerdiek sammeln können."

Max nickte.

„Ja, nicht schlecht, aber an der Grafik werde ich wohl noch etwas ändern müssen."

„Was bekommt man denn für die Punkte?", wollte Ines wissen.

„Du kannst die Punkte in die Reparatur des Fahrzeugs stecken oder sie in den Geschäften einlösen, die am Ende der Fahrt in der Nähe sind."

Max schaute auf den unteren Bildschirmrand.

„In diesem Fall könntest du die Punkte in der Rosenapotheke, der Sparkasse oder dem Bäcker Müller-Egerer einlösen."

„Und was macht das für mich als Spieler für einen Sinn?"

Max schüttelte den Kopf.

„Ich weiß nicht mehr, wie ich darauf gekommen bin. Aber wie du weißt, ist das Spiel noch lange nicht ausgereift."

„Wie wäre es, wenn ich mich mit dem Geld bei der Polizei freikaufen kann, um die Fahrt bis zum Schluss fortzusetzen?"

Max schaute sie mit großer Bewunderung an.

„Schatz, das ist eine richtig gute Idee!" Max gab Ines einen überschwänglichen Kuss und nahm sie liebevoll in die Arme.

„Siehst Du, wie wichtig es war, dich als Beifahrerin bei meinem ersten Rennen an meiner Seite zu haben..?"

AUF LEEREN MAGEN

Torsten kommt unter der Spüle hervor und legt die Zange zurück in den Werkzeugkasten. Es ist neun Uhr, als die Küchentür leise aufgeht. Ines trägt einen dünnen rosa Morgenmantel. Sie streicht sich das ungekämmte Haar aus dem müden Gesicht.

„Du hast mir das Herz gebrochen!", sagt sie zu ihrem Mann.

Torsten stellt den Werkzeugkasten auf den Küchentisch und dreht sich zu ihr um.

„Was hast Du gesagt?"

Ines geht zur Spüle, ohne zu antworten. Sie nimmt sich ein Glas vom Abtropfgitter, hält es unter den geöffneten Wasserhahn, lässt es halb voll laufen und dreht den Hahn wieder zu.

„Der Wasserhahn tropft nicht mehr", sagt sie.

Torsten nickt stolz.

„Die Gummidichtung war porös, habe sie ausgewechselt, war kinderleicht."

„Ja", sagt sie, denn sie weiß, dass es für ihn kaum eine Aufgabe gibt, die er nicht lösen kann.

Nur manchmal, wenn er das Problem nicht gleich auf Anhieb aus der Welt schaffen kann, kommt sie ihm zur Hilfe. Dann schmiert sie ihm still ein Brot mit Butter und belegt es mit einer Scheibe Wurst. Sie glaubt, dass Essen das Nachdenken anregt.

„Habe gestern, nachdem Du den Anruf bekommen hast, noch einmal das Haus verlassen", sagt sie.

„Kurz nach mir?", fragt Torsten, streicht sich den Blaumann glatt und nimmt den Werkzeugkasten vom Küchentisch.

„Wo wolltest Du hin?"

Ines stellt das Wasserglas neben der Spüle ab.

„Ich war in der Kornstraße", sagt sie.

Torsten schaute sie mit großen Augen an.

„Aber dort..."

„Kornstraße 85c ", unterbricht Ines ihren Mann. Torsten schaut über ihren Rücken hinaus durchs Küchenfenster, als könne er das Haus Nummer 85c von hier aus sehen.

Das Haus, das zwanzig Gehminuten von ihnen entfernt liegt. „Was hast Du dort gewollt?", fragt Torsten. „War neugierig, weil du in letzter Zeit sehr oft von dort Reparaturaufträge bekommen hast. Hab` Dich ins Haus gehen sehen." Ines beugt sich über die Spüle, will das Fenster öffnen. Ihr ist, als würde sie ersticken, am Geruch der Angst, die von Torsten auszugehen scheint und das wundert sie. „Nein, lass das Fenster zu. Mit der Verrieglung ist etwas nicht in Ordnung. Muss erst den Metallstift auswechseln", sagt Torsten.

Ines zieht die Hand vom Fenstergriff zurück und stellt sich vor, wie ihr Kopf durch das Fenster stößt, das Glas in Scherben zerspringt.

„Ich bin zu dem Fenster geschlichen, das zum Garten hinausgeht", sagt sie.

„Du bist durch den Garten geschlichen?"

„Ja, an der Rosenhecke vorbei."

Torsten schüttelt den Kopf und flüstert, als er sagt:

„Du hättest dich stechen können, die Dornen dort sind sehr spitz."

„Vor den Dornen hatte ich keine Angst, nur vor dem, was ich sehen könnte", sagt Ines leise und fügt hinzu:

„Ihr habt vergessen, die Gardinen zu schließen und das Licht zu löschen."

Torsten schaut Ines reglos an. Sieht, dass sie noch etwas sagen will.

„Hab` die Frau und Dich zusammen in ihrem Bett gesehen", sagt Ines.

„Tut mir leid!", sagt Torsten.

Ines nickt.

„War wie ein Stromstoß durchs Herz. So, als würde es in zwei Teile zerspringen."

„Was kann ich tun?", fragt Torsten.

„Weiß nicht", sagt Ines.

Mit zitternden Händen trinkt sie ein Schluck Wasser.

„Meinst Du, Du könntest die beiden Hälften wieder zusammen bekommen?", fragt Ines.

„ Ich kann es versuchen!", sagt Torsten

„Gut", sagt sie, stellt das Wasserglas ab, geht zum Kühlschrank und beginnt den Tisch zu decken.

Torsten beobachtet seine Frau.

Sie schaltet die Kaffeemaschine an, holt zwei Becher aus dem Hängeschrank und setzt sich an den Küchentisch.

An diesem Morgen bestreicht sie Torstens Brote dicker als sonst mit Butter und legt zwei extra Scheiben Wurst oben drauf.

DIE KAFFEEMASCHINE

Nenn mich dumm, einfältig, nenne mich wie du willst es ist mir egal.
Ich will Dir nur eines sagen, ich habe Dich durchschaut.
Ja, es hat ein paar Jahre gedauert, ehe ich dahinter gekommen bin.
Aber jetzt sehe ich klar.
Jetzt weiß ich, was ich für Dich war.
Halt Dir deinen dicken Bauch ruhig vor lachen, aber keiner kann mir das ausreden.
Ich war für Dich nichts anderes, als eine deiner vielen neuen Kaffeemaschinen, die Du Dir im Laufe der Jahre angeschafft hast.
Ich passte gut in deine Küche, in dein Haus und dein Leben.
Ich glänzte makellos, war für jeden deiner Freunde gut anzusehen.
Ich war unschuldig, wusste nichts von meiner Bestimmung, als hätte ich noch einen leeren Wassertank und keine Kaffeepads im Einlegefach.
Du warst es, der mir Wasser in den Tank gefüllt und die Kaffeepads eingelegt hat.
Der Kaffee schmeckte, war heiß und vollmundig im Aroma.
Du trankst Tasse für Tasse und fülltest Tank für Tank mit Wasser nach.
Du konntest nicht genug von mir bekommen.
Ich funktionierte, leise surrend, ununterbrochen, durch deine Gier nach mehr.
Doch dann, die ersten ungeduldigen Momente.
Der Kaffee war nicht mehr schnell genug fertig.
Die erste Kalkreinigung stand an.
Der Motor unter der Haube fing an Dir in den Ohren zu dröhnen.
Im Schein der Küchenlampe entdecktest du die ersten Kratzer.
Die ersten Zweifel, das erste Zögern beim Wassernachfüllen.
Dir schmeckte der Kaffee plötzlich nicht mehr und Du warst Dir sicher, dass es unmöglich an Dir liegen konnte.
Und dann, eines Nachts, lagst Du wach im Bett und hattest auf einmal die Lösung für all deine Probleme.
Du schlichst leise in die Küche, zogst den Stecker heraus, leertest

den Wassertank und trugst die Maschine unterm Arm geklemmt zum Mülleimer.

Ein letzter Abschiedsblick und das erleichternde Wissen, schon in ein paar Stunden eine neue Kaffeemaschine im Supermarkt kaufen zu können. Nur ein einziges Mal müsstest Du ohne deinen Neun-Uhr-Kaffee aus dem Haus gehen.

Du fandest, es war ein kleines Opfer, das man bringen konnte.

Und dann..?

Freudige Erregung bei der Vorstellung, in den nächsten Tagen deinen Freunden eine neue Kaffeemaschine präsentieren zu können.

Bedauernd würdest Du ihnen erklären, während die Verpackung der neuen Maschine längst im Altpapiercontainer lag:

„Die alte Maschine war verbraucht, hat nichts mehr getaugt."

*

Ich will die Zeit nicht mehr zurückdrehen, was geschehen, ist geschehen, dennoch wünschte ich, Du würdest noch einmal zurück zum Papiercontainer gehen und wenigstens dieses Mal die Gebrauchsanweisung für die neue Kaffeemaschine herausholen und wenigstens dieses eine Mal gründlich durchlesen....